Goldmann Science Fiction

Für die große Abenteuerserie um die Randwelten
sind in Vorbereitung:

Band 2: Grimes auf El Dorado · 23757 (August 1983)
Band 3: Grimes macht Karriere · 23758 (Oktober 1983)

Weitere Bände folgen.

SCIENCE FICTION
ABENTEUER-ROMAN

A. Bertram Chandler

ABENTEUER RANDWELT 1

Grimes reist in die Unendlichkeit

THE ROAD TO THE RIM

Ungekürzte Neuausgabe

Wilhelm Goldmann Verlag

Aus dem Amerikanischen übertragen von
Denis Scheck

Für Admiral Lord Hornblower,
Royal Navy

Made in Germany · 5/83 · 1. Auflage · 1112

Dieser Band erschien in gekürzter Form
unter dem Titel „Straße in die Unendlichkeit" 1969 als Terra Nova Heft
im Arthur Moewig Verlag, München

Umschlagentwurf: Atelier Adolf & Angelika Bachmann, München
Umschlagillustration: Bob Petillo/Agt. Uwe Luserke, Leonberg
Satz: Mohndruck Graphische Betriebe GmbH, Gütersloh
Druck: Elsnerdruck GmbH, Berlin
Verlagsnummer: 23756
Lektorat: Werner Morawetz/Peter Wilfert
Herstellung: Peter Papenbrok
ISBN 3-442-23756-4

1

Seine Uniform war neu, zu neu, überall messerscharfe Falten, und die Tressen und Knöpfe waren noch nicht matt vom Alter. Sie saß unförmig an seinem Körper – und noch unförmiger schauten seine großen Ohren unter der Mütze hervor, die zu gerade auf seinem Kopf saß. Unter dem glänzenden Schirm waren seine Augen grau (aber noch nicht hart), und das Gesicht versprach zwar Stärke, wies aber bis jetzt noch keine Falten auf und mußte noch seine unreife Sanftheit verlieren. Er stand am Fuß der Rampe, über die er den Transporter von Station Antarktis nach Port Woomera verlassen hatte, und schaute die silbernen, in der Wüste glänzenden Türme an: die interplanetaren und interstellaren Schiffe. Die untergehende Sonne brannte heiß auf seinem Rücken, aber er bemerkte es nicht. Dort lagen die Schiffe, die *echten* Schiffe – keine veralteten lahmen Klapperkisten wie der abgetakelte Kreuzer, in dem er zusammen mit den anderen angehenden Offizieren seiner Klasse den Übungsflug zu den Monden des Saturns unternommen hatte. Dort waren die Schiffe, die Sternenschiffe, die das Handelsnetz von der Erde zu den Planeten des Centaurus spannen, den Cluster-Welten, zu dem Imperium von Waverley, zu dem Shakespeare-Sektor und noch weiter.

(Aber sie sind nur Kaufleute, dachte er mit der Arroganz eines jungen Mannes).

Er fragte sich, mit welchem der Schiffe er den Flug machen würde. Kaufleute oder nicht, jenes große Schiff, das sich von den anderen wie ein Wolkenkratzer von Dorfkirchtürmen abhob, könnte es sein. Er zog den Umschlag, der seine Befehle enthielt, aus seiner inneren Brusttasche, öffnete ihn und las (sogar zum erstenmal) die für ihn wichtige Seite.

. . .haben Sie sich an Bord des Schiffes der Interstellaren

Transport-Kommission Delta Orionis *zu melden ...*

Trotz seiner Uniform zählte er noch nicht zu den Raumfahrern, aber er kannte die Nomenklatur der Kommission. Es gab die *Alpha*- und die *Beta*-Klassen, dann die *Gamma*- und *Delta*-Klassen. Er lächelte schief. Sein Schiff war eines der kleineren. Na ja, zumindest würde er in keinem Kahn der *Epsilon*-Klasse zur Lindisfarne-Basis reisen.

Fähnrich John Grimes vom Überwachungsdienst der Föderation zuckte mit seinen breiten Schultern und stieg in den Wagen, der darauf wartete, ihn und sein Gepäck vom Flughafen zum Raumhafen zu bringen.

2

Grimes schaute den Offizier an, der am Rand der Luftschleuse der *Delta Orionis* stand, und *sie* schaute ihn an. Er spürte, wie ihm die Röte ins Gesicht schoß, ein Prickeln an den Wurzeln seiner kurzgeschorenen Haare, und er fühlte sich noch verlegener durch die Zurschaustellung seiner Verlegenheit. Aber weibliche Raumoffiziere waren damals im Überwachungsdienst fast so selten wie schwarze Schimmel – und die wenigen, denen er begegnet war, erweckten alle den Eindruck, als befänden sich in ihren Ahnentafeln auch einige Pferde. Das darf doch nicht wahr sein, dachte Grimes. Es war unfair, daß diese junge Frau (diese reizvolle junge Frau) bereits ein alter Hase interstellarer Flüge sein sollte, während er, trotz Uniform und Offiziersrang, gerade seine erste, seine allererste Reise außerhalb der Grenzen des Sonnensystems antrat. Er ließ seinen Blick (jedoch nicht ohne Zögern) von ihrem Gesicht zu den Tressen auf ihren Schulterklappen wandern. Gold auf weißem Besatz. Es war also nicht allzu schlimm. Sie war lediglich eine Art Zahlmeister – oder, um sich der Terminologie des Handelsdienstes zu bedienen, nur eine Art Proviantmeister.

»Willkommen an Bord der *Delia O'Ryan*, Admiral«,

grüßte sie, und ihre reine, helle Stimme klang beinahe ernst.

»Fähnrich«, verbesserte Grimes steif. »Fähnrich Grimes –«

» – vom Überwachungsdienst der Föderation«, beendete sie für ihn den Satz. »Aber ihr seid doch alle potentielle Admirale.« Die leichteste Andeutung eines Lächelns spielte um ihre vollen Lippen, an ihren Augenwinkeln bildeten sich einige Fältchen. *Ihre braune Augen*, dachte Grimes. *Braune Augen, und was ich unter der Mütze von ihrem Haar sehen kann, scheint kastanienbraun zu sein . . .*

Sie schaute auf ihre Armbanduhr. »Wir starten in genau zehn Minuten, Fähnrich«, erklärte sie ihm, ihre Stimme klang jetzt knapp und nüchtern.

»Dann bringe ich lieber mein Gepäck in meine Kabine, Miss . . .?«

»Ich werde mich darum kümmern, Mr. Grimes. Kapitän Craven läßt sich empfehlen und lädt sie auf die Brücke ein.«

»Danke.« Grimes blickte sich suchend um und versuchte, die Tür, die zum Axialschacht des Schiffes führte, selbst zu finden. Er war entschlossen, nicht danach zu fragen.

»Die Tür ist beschriftet«, erklärte sie ihm mit einem leichten Lächeln. »Und der Aufzug wartet hier unten. Fahren Sie einfach so weit es geht hinauf und laufen Sie den Rest. Oder wollen Sie einen Führer?«

»Ich komme zurecht«, antwortete er kühler als beabsichtigt und fügte hinzu, »Danke.« Jetzt bemerkte er das Schild über der Tür. Es war eigentlich nicht zu übersehen: AXIALSCHACHT. Auch der Knopf zum Öffnen war leicht zu finden – aber die junge Frau drückte ihn bereits. Er bedankte sich wieder – diesmal war die Kälte völlig beabsichtigt – und betrat den Aufzug. Die Tür glitt hinter ihm zu. Am obersten Knopf der Bedienungsanlage des Aufzugs stand KAPITÄNSDECK. Er drückte den Knopf, dann wartete er und sah, wie auf der Bedienungsanlage die Lichter kurz aufleuchteten, während er schnell zur Spitze des Schiffes befördert wurde.

Als es nicht mehr weiter nach oben ging, stieg er aus und befand sich auf einem Gang, der rund um das obere Ende des

Axialschachts führte. An der Außenwand des Schachtes befand sich eine Leiter. Er zögerte eine Sekunde, dann stieg er hinauf und gelangte durch eine Luke auf die Brücke.

Sie glich der Brücke des Kreuzers, mit dem er seinen Übungsflug unternommen hatte – und doch war sie auf unauffällige (oder nicht so unauffällige) Art anders. Alles war zweckbetont – aber dies war auch an Bord des Schiffes vom Überwachungsdienst nicht anders gewesen –, aber der Hochglanz fehlte, das Polieren um des Polierens willen. Die Instrumente glänzten –, aber es war der matte Glanz, der von langem und andauerndem Gebrauch herrührt, und er paßte zu dem matten Glanz der Knöpfe und Rangabzeichen an den Uniformen der sich bereits auf ihrem Posten befindenden Offiziere, der Raumfahrer, denen die eine Uniform nicht mehr (und nicht weniger) als eine obligatorische Arbeitskleidung bedeutete.

Der große Mann mit den vier goldenen Streifen auf den Schulterklappen wandte den Kopf halb in seine Richtung, als Grimes durch die Luke heraufkam. »Freut mich, Sie an Bord zu haben, Fähnrich«, sagte er flüchtig. »Schnappen Sie sich einen Sitz – neben dem Maat ist ein Platz frei. Tut mir leid, daß jetzt keine Zeit ist, sich bekannt zu machen. Wir müssen rauf.«

»Hier«, brummte einer der Offiziere.

Grimes suchte sich seinen Weg zu dem freien Beschleunigungssitz, ließ sich hineinfallen und schnallte sich an. Während er damit beschäftigt war, hörte er den Kapitän fragen: »Alles gesichert, Mr. Kennedy?«

»Nein, Sir.«

»Und warum, zum Teufel, nicht?«

»Ich warte noch auf die Meldung des Proviantmeisters, Sir.«

»So?« Dann, nach einem langen, leidenden Seufzer: »Ich nehme an, sie verstaut noch irgendeinen Fluggast in ihrer – oder *seiner* – Koje . . .«

»Sie könnte das Gepäck noch eines Passagiers wegpacken, Sir . . .«, mischte sich Grimes in das Gespräch ein. »Meines«, fügte er dann hinzu.

»Tatsächlich?« Die Stimme des Kapitäns klang kühl und gewollt uninteressiert.

Über die Bordsprechanlage drang eine weibliche Stimme durch. »Proviantmeister an Brücke. Unten alles gesichert.«

»Wurde auch, verdammt noch mal, Zeit«, schimpfte der Kapitän. Dann wies er den Offizier am Sprechfunkgerät an: »Mr. Digby, bitte holen Sie die Starterlaubnis ein.«

»Starterlaubnis einholen, Sir«, wiederholte der junge Mann intelligent. In sein Mikrofon rief er: »*Delta Orionis* an Hafenaufsicht. Erbitte Starterlaubnis für unser Schiff. Ende.«

»Hafenaufsicht an *Delta Orionis. Erteilen Starterlaubnis.* Bon voyage. Ende.«

»Danke, Hafenaufsicht. Ende und Aus.«

Dann pulsierte das Schiff in dem rhythmischen Pochen des Trägheitsantriebs, und Grimes spürte das merkwürdige Gefühl des Auftriebs, fast von Schwerelosigkeit, das anhielt, bis das Schiff vom Boden abhob – und dann verursachte die sanfte Beschleunigung die umgekehrte Wirkung. Er schaute durch die ihm nächste Sichtluke. Schon befand sich das Okkergelb der Wüste, durchschnitten von den langen, schwarzen Schatten der Schiffe und der Gebäude des Raumhafens weit unter ihnen; die Schiffe und die unbeweglichen Bauten sahen wie Spielzeug aus, dazwischen ein oder zwei Fahrzeuge wie schwirrende Insekten. Weit im Norden, matt rötlich gegen das Blau des Himmels, tobte ein Sandsturm. *Wenn dieser Himmel dunkler wäre*, dachte Grimes, sähe es wie auf dem Mars aus, und dieser gedankliche Vergleich erinnerte ihn daran, daß auch er ein Raumfahrer war, daß auch er schon herumgekommen war (wenn auch nur innerhalb der Grenzen von Sols Planetensystem). Aber er war beim Überwachungsdienst, und die anderen auf der Brücke waren lediglich Handelsoffiziere, Handlanger und Fuhrmänner, interstellare Bus- und Lastwagenfahrer. (Doch er beneidete sie um ihre selbstverständliche Effektivität.)

Das Schiff befand sich weiter im Steigflug, der Raumhafen

unter ihm wurde kleiner, und der Horizont der Landmasse im Norden und der des jetzt sichtbaren Meers im Süden zeigten den Beginn einer Krümmung. Immer noch stieg es; der Himmel über ihnen war jetzt dunkel, und die ersten hell leuchtenden Sterne, Sirius und Canopus, Alpha und Beta Centauri, funkelten dort, lockend, wie sie schon seit undenklichen Zeiten gelockt hatten, bevor die erste Rakete auf der Leiter der eigenen glühenden Abgase mühsam in den Himmel aufstieg, bevor das erste Flugzeug seine dünnen Flügel ausbreitete, bevor der erste Ballon durch die heißen, sich ausdehnenden Gase der eingebauten Feuerung in die Luft stieg ...

»Mr. Grimes«, drang die Stimme des Kapitäns plötzlich in seine Gedanken, die Stimme war weder freundlich noch unfreundlich.

»Sir?«

»Wir steigen mit dem Trägheitsantrieb, bis wir aus den Van Allens raus sind.«

»Ich weiß, Sir«, sagte Grimes – und wünschte sich in demselben Augenblick, die Worte rückgängig machen zu können. Aber es war zu spät. Er erkannte das feindselige Schweigen des Kapitäns und die Belustigung und Verachtung der anderen Handelsoffiziere. Er schrumpfte in seinem Sessel zusammen und versuchte, sich so unauffällig wie möglich zu machen. Die Besatzungsmitglieder unterhielten sich leise untereinander und beachteten ihn nicht. Sie gestatteten sich eine Erholungspause, zogen Zigaretten hervor und zündeten sie an. Niemand bot dem Fähnrich eine an.

Trotzig suchte er nach seiner Pfeife, stopfte sie und entzündete sie. Der Erste Offizier hustete mit ziemlich unnötigem Nachdruck. »Machen Sie das bitte aus«, brummte der Kapitän und murmelte etwas über eine Ausräucherung der Brücke. Er selbst paffte eine monströse, schwarze Zigarre.

Das Schiff stieg, und unter ihm lag die Erde jetzt als eine große Kugel, zu drei Vierteln in Dunkelheit getaucht; die Linie des Terminators zog sich über Landmassen, Wolkenformationen und Ozeane. Die Lichter der Städte funkelten im

Dunkel wie Sternhaufen, wie Sternnebel. Mit leiser Stimme meldete ein Offizier die Werte des Radarhöhenmessers.

Als sich das Schiff um seine kurze Achse in Richtung des Zielsterns drehte, kam zu dem Pulsieren des Trägheitsantriebs das bald zu einem schrillen Winseln anschwellende Brummen des Richtungsgyroskops hinzu. Die Pseudogravitation der Zentrifugalkraft stand in einem merkwürdigen Winkel zu der des Beschleunigungsdrucks – und das Ergebnis war ein noch merkwürdigerer Winkel. Grimes begann, sich elend zu fühlen – und war dem Kapitän sogar dafür dankbar, daß er ihm befohlen hatte, seine Pfeife auszumachen. Alarmglocken schrillten plötzlich, und jemand sagte über die Bordsprechanlage: »Auf Beschleunigung vorbereiten. Auf Beschleunigung vorbereiten. Achten Sie auf den Countdown.«

Der Countdown. Ein Teil der langen Tradition der Raumfahrt, ein Überbleibsel aus den Tagen der ersten, unzuverlässigen Raketen. Raumschiffe verwendeten immer noch Raketen – aber nur als Hilfstriebwerke, um schnell Schub zu bekommen oder in kurzer Zeit beschleunigen zu können.

Bei *Null!* wurde der Trägheitsantrieb ausgeschaltet, und gleichzeitig erwachte der Reaktionsantrieb aufbrüllend zum Leben. Die riesige Hand der Beschleunigung fiel heftig auf alle im Schiff – und dann, nach einem kurzen Befehl des Kapitäns, hob sie sich plötzlich.

Grimes bemerkte ein dünnes, hohes Wehklagen, das Lied der sich ununterbrochen drehenden Gyroskope des Mannschenn-Antriebs. Die Theorie war ihm bekannt – welcher Raumfahrer kannte sie nicht? –, wenn auch die mathematischen Grundlagen dafür für alle außer einer Handvoll Männer und Frauen zu hoch waren. Er wußte, was geschah, wußte, daß das Schiff, nachdem jetzt die Geschwindigkeit vorhanden war, sich vorwärts im Raum und rückwärts in der Zeit bewegte, wie es einer seiner Ausbilder ausgedrückt hatte. Er spürte, wie man ihm vorausgesagt hatte, ein unheimliches Déjà-vu-Erlebnis und beobachtete, wie die Konturen der Brücke, aller Besatzungsmitglieder und Instrumente in dem Raum sich verschoben und schimmerten, wie die Farben an das Ende des Spektrums rutschten.

Vorn waren die Sterne, pulsierende Farbspiralen, achtern waren Erde und Mond erschreckend verzerrt, unheimliche Kompromisse zwischen Kugel und Tesserakt. Doch dies alles dauerte nicht länger als einen winzigen Augenblick; nach dem Bruchteil einer Sekunde waren der Heimatplanet und sein Begleiter nicht mehr als kleine, in der Schwärze des Raums wirbelnde Staubteilchen.

Der Kapitän zündete sich eine neue Zigarre an. »Mr. Kennedy«, befahl er, »Sie können jetzt normale Raumwachen einteilen.« Er wandte sich an Grimes. Sein Vollbart bedeckte fast sein Gesicht, das Gesicht eines Menschen, der eine gesellschaftliche Verpflichtung ohne Begeisterung ausüben mußte. »Wollen Sie mir bitte in meine Tageskabine folgen, Fähnrich?«

»Es ist mir ein Vergnügen, Sir«, log Grimes.

3

Der Kapitän ging von der Brücke aus voran und hatte seinen massigen Körper unter den Bedingungen der Schwerelosigkeit gut unter Kontrolle. Grimes folgte langsam und schwerfällig, aber mit einem Gefühl großer Dankbarkeit, daß er nach seinem Übungsflug nicht mehr für die Raumkrankheit anfällig war. Es gab natürlich Medikamente dagegen, welche die Passagiere benutzten, aber von einem Raumfahrer wurde erwartet, daß er von pharmazeutischen Hilfsmitteln unabhängig war. Doch das Nichtvorhandensein eines richtigen ›Oben‹ und ›Unten‹ störte ihn dennoch mehr, als er zugeben wollte.

Der Kapitän schob die Tür zu seiner Unterkunft auf, bedeutete Grimes einzutreten und murmelte zynisch: »Jetzt sehen Sie, wie die Armen leben.« Die sogenannten Armen lebten gar nicht so schlecht, dachte Grimes. Dieses Wohnzimmer im Schiff war bedeutend größer als die Tageskabine des Kreuzerkapitäns vom Überwachungsdienst. Zugegeben, sie war auch abgenutzter – aber wesentlich bequemer. Der Wandschmuck wäre an Bord eines Kriegsschiffes nie geduldet worden und war offensichtlich Privateigentum des Eigners dieses Schiffes. Am Schott hing ein volles Dutzend Hologramme, die sich stark unterschieden, deren Gegenstand aber alle dasselbe Thema abdeckten; nicht daß das Thema verdeckt gewesen wäre.

»Mein Harem«, brummte der Kapitän. »Die hier, die Rothaarige, hab' ich auf Caribbea kennengelernt. Das war schon eine ganz schöne Zwischenlandung. Das grünhaarige Weibsbild – man kann erkennen, daß sie's nicht gefärbt hat, obwohl ich mich oft gefragt habe, warum Frauen nicht ehrlich sein können – ist natürlich nicht menschlich. Aber zweifellos human, und ebenso zweifellos gehört sie zu den Säugetieren. Stammt von Brrruuunuurrruuu – eine der Welten des Shaara-Imperiums. Die dortige Königinmutter bot mir Lalia – so heißt sie – zum Kauf für eine Kiste Scotch an. Ich war in Versuchung ...« Er seufzte. »Aber ihr vom Überwachungsdienst seid nicht die einzigen, die nach den Vorschriften leben müssen.«

Grimes sagte darauf nichts und versuchte, sein Interesse an der Kunstgalerie zu verbergen.

»Aber nehmen Sie doch Platz, Fähnrich. Spucken Sie auf den Fußboden und treten Sie der Katze auf den Schwanz – fühlen Sie sich wie zu Hause.«

Grimes ruderte zu einem der bequemen Sessel und schnallte sich fest. »Ich sehe keine Katze, Sir«, sagte er begriffsstutzig.

»Eine Redensart«, grollte der Kapitän und setzte sich neben etwas, das wie eine Hausbar aussah. »Nun, Mr. Grimes, Ihr Kommandeur, Kommodore Bradshaw, ist ein alter Freund und Kamerad von mir. Er sagte, Sie wären ein vielversprechender junger Offizier« – wie eine Comicsprechblase hingen die unausgesprochenen Worte – »Gott weiß warum« zwischen ihnen – »und bat mich, ein Auge auf Sie zu haben. Aber ich habe bereits den Eindruck gewonnen, daß es sehr wenig gibt, was ein einfacher Handelsskipper wie ich Ihnen beibringen könnte.«

Grimes blickte auf die untersetzte Gestalt ihm gegenüber, auf die von Strahlung gebräunte Gesichtshaut über dem schwarzen, mit Silbersträhnen durchsetzten Bart, auf die grimmig vorspringende Nase, auf die verblaßten, aber aufgeweckten und intelligenten blauen Augen, die ihn mit mehr als einer Spur belustigter Verachtung ansahen. Er errötete jämmerlich, als er sich an sein keckes »Ich weiß, Sir« auf der Kommandobrücke dieses Mannes erinnerte. »Dies ist meine erste wirkliche Raumreise, Sir«, brachte er schließlich mit einiger Mühe heraus.

»Ich weiß.« Überraschenderweise lachte der Kapitän in sich hinein – und als ob er diesen kleinen Triumph über seinen Gast feiern wollte, öffnete er die Bar. »Schade, daß wir diesen ausgezeichneten Manzanila aus diesen Birnen da saugen müssen – aber das ist einer der Nachteile der Schwerelosigkeit. Bitte!« Er warf Grimes einen kleinen, birnenförmigen Behälter zu und behielt einen für sich selbst zurück. »Auf Ihr Wohl, Fähnrich!«

»Und auf das Ihre, Sir.«

Der Wein war für Grimes Geschmack zu trocken, aber er tat so, als würde er ihm schmecken. Er war dankbar, daß der Kapitän ihm keinen zweiten Drink anbot. Unterdessen hatte sein Gastgeber ein maschinenbeschriebenes Blatt aus der Schublade seines Schreibtisches gezogen und warf einen Blick darauf. »Lassen Sie mich mal sehen . . . Sie sind in Kabine 15 auf dem D-Deck untergebracht. Sie finden den Weg nach unten allein, oder?«

Grimes bejahte und löste den Gurt. Es war augenfällig, daß die offizielle Begrüßung damit beendet war.

»Gut. Als Offizier des Überwachungsdienstes haben Sie freien Zutritt zu der Brücke und zu den Maschinenräumen . . .«

»Danke, Sir.«

»Sie sollten dieses Privileg nur nicht mißbrauchen. Das

wäre alles.«

Nach diesem freundschaftlichem Rat, dachte Grimes, *werde ich das Privileg kaum in Anspruch nehmen, und schon gar nicht mißbrauchen.* Er ließ sich aus dem Sessel schweben und sagte: »Ich danke Ihnen, Sir.« (Für den Drink oder die Belehrung? Es spielte keine Rolle.) »Ich gehe runter in meine Kabine, Sir. Ich muß noch auspacken.«

»Wie Sie wünschen, Mr. Grimes.«

Nachdem er seiner Pflicht als Neuling an Bord entledigt war, hatte der Kapitän offensichtlich das Interesse an seinem Gast verloren. Grimes verließ die Kabine und suchte sich nicht ohne Schwierigkeiten den Weg zum Axialschacht. Er war mehr als überrascht, wie stark doch ein nicht sehr großer Drink die Kontrolle über seinen Körper in der Schwerelosigkeit beeinträchtigt hatte. Als er aus dem Fahrstuhl im D-Deck trat, stolperte er buchstäblich in den Proviantmeister hinein. »Lassen Sie mich sofort los«, zischte sie, »oder ich schreie ›Vergewaltigung‹!«

Das fehlte mir gerade noch, um dies Unternehmen zu einer wirklich gelungenen Reise zu machen, dachte er.

Sie machte sich los, trat zurück, ihre schlanken Füße berührten mit den magnetbesohlten Sandalen das Stahlverdeck, aber sie bewegte sich anmutig und tänzerisch. Sie lachte. »Ich nehme an, Sie kommen eben von einer gemütlichen Unterredung mit B. B.«

»B.B.?«

»Der ›Bärtige Bastard‹. Aber nehmen Sie es sich nicht so zu Herzen. Er verhält sich allen jungen Offizieren gegenüber so. Es hat nichts damit zu tun, daß Sie beim Überwachungsdienst sind.«

»Danke für den Hinweis.«

»Sein Problem«, fuhr sie fort, »sein wirkliches Problem ist, daß er ungeheuer schüchtern ist.«

Da ist er nicht der einzige, dachte Grimes und sah die junge Frau an.

Sie erschien ihm noch attraktiver als bei ihrem ersten Zusammentreffen. Sie hatte sich umgezogen und trug jetzt die aus Shorts und Hemd bestehende Borduniform –, und sie war eine der wenigen Frauen, die diese Kleidung tragen konnten, ohne wie Krethi und Plethi darin auszusehen. Ihr Haar war jetzt unbedeckt, weiches glänzendes Haar mit einem kupfernen Schimmer und einer geraden, weißen Strähne, von der die Krone ihres feingeformten Kopfes unterteilt wurde.

Sie war sich seines prüfenden Blicks wohl bewußt. »Sie müssen mich entschuldigen, Fähnrich«, sagte sie. »Ich muß mich um die anderen Reisenden kümmern. Sie sind keine alterprobten Raumfahrer wie Sie.«

Plötzlich mutig geworden, sagte er: »Bevor Sie gehen, sagen Sie mir Ihren Namen?«

Sie lächelte betörend. »In Ihrer Kabine finden Sie eine Liste der Besatzungsmitglieder. Ich stehe auch darin.« Sie glitt schnell die Biegung des Ganges entlang, und schon war sie verschwunden.

Er musterte die Nummern über den Kabinentüren rings um den Axialschacht und machte eine volle Runde, bevor er bemerkte, daß dies nur der innere Ring war, und er einem der wie Speichen in einem Rad angelegten Gänge folgen mußte, um zu seiner Unterkunft zu gelangen. Schließlich fand er Nummer 15 und trat ein.

Sofort nahm er sich die gerahmte Liste am Schott vor.

I.S.S.Delta Orionis, las er.

Kapitän J. Craven, O.G.S., O. d. R.

Der Alte war also Reserveoffizier. Und der Orden des Goldenen Sterns wurde auch nicht jedem grundlos an die Brust geheftet.

Mr. P. Kennedy, Erster Offizier

Er schenkte den anderen Namen auf der Liste keine weitere Beachtung, während er nach dem fahndete, den er suchte. Ah, da stand er ja.

Miß Jane Pentecoast, Proviantmeister

Jane Pentecoast . . . Trotz des gewöhnlichen Namens war diese Jane mit Sicherheit nicht gewöhnlich.

Grimes meinte dann doch, es könne nicht schaden, sich

mit den Namen der anderen Besatzungsmitglieder vertraut zu machen. Die Stärke der Besatzung verblüffte ihn; er war erstaunt, daß ein solch verhältnismäßig großes Schiff nur von so wenig Leuten bedient werden konnte. Aber es handelte sich ja nicht um ein Kriegsschiff; es galt keine Waffen zu besetzen, und es würde keine Landungsmannschaft auf einem feindlichen Planeten ausgesetzt werden müssen. Der Handelsdienst konnte es sich erlauben zu automatisieren, Maschinen anstatt Menschen einzusetzen. Ganz im Gegensatz zum Überwachungsdienst.

Pflichtbeflissen studierte er die Verhaltensmaßregeln für einen Notfall, den Tagesablauf an Bord, die Beschäftigungsmöglichkeiten für die dienstfreie Zeit usw., und sah sich sorgfältig den detaillierten Konstruktionsplan des Schiffes an. Unter diesen Informationen befand sich auch eine Anordnung, unterschrieben vom Kapitän, welche die Passagiere höflich aufforderte, den Aufzug im Axialschacht so wenig wie möglich zu benutzen, da es für ihr körperliches Wohlbefinden unerläßlich sei, daß sie keine Gelegenheit zu körperlicher Bewegung ausließen. (In einem Schiff der Kriegsmarine, dachte Grimes nicht ohne Spott, wäre dies keine Bitte, sondern ein Befehl. Auf alle Fälle gäbe es obligatorische Leibesübungen für alle Besatzungsmitglieder.)

Er überflog den Plan noch einmal und spielte mit dem Gedanken, vor dem Essen in die Bar zu gehen. Er entschied sich dagegen; er spürte immer noch die Nachwirkungen des Drinks, den ihm der Kapitän angeboten hatte. Um sich die Zeit zu vertreiben, packte er langsam und sorgfältig aus und verstaute seine Habe systematisch in den Fächern unter der Koje. Dann legte er, nicht ohne zu zögern, die Uniform ab und zog seinen einzigen formellen Zivilanzug an. Einer seiner Ausbilder an der Akademie hatte ihm den Rat gegeben. »Ziehen Sie immer Zivilsachen an, wenn Sie als Passagier reisen. Wenn Sie Uniform tragen, können Sie sicher sein, daß irgendein Dummkopf Sie für einen Schiffsoffizier hält und nach allen möglichen technischen Dingen fragt, auf die Sie keine Antwort wissen.«

Während er sich seine Krawatte vor dem Spiegel knotete, dröhnte der volltönende Klang eines Gongs über die Bordsprechanlage.

4

Der Speisesalon war weitaus üppiger ausgestattet als die Kadettenmesse auf dem Schulschiff, er übertraf sogar noch die Offiziersmesse. Die Standardausrüstung entsprach natürlich der auf dem Schiff: Tische und Stühle waren auf dem Deck befestigt, und jeder Sitz war mit einem Gurt versehen, so daß der angenehme Druck des Körpergewichts auf die Polsterung eine Illusion von Schwerkraft verlieh. Auf jedem Tisch lag eine bunte Decke – doch unter dem Stoff verbarg sich der unumgängliche rostfreie Stahl, an dem die Magnete des aus dem gleichen Material gefertigten Geschirrs hafteten. Aber was Grimes beeindruckte, war die Sorgfalt und Phantasie, die darauf verwendet worden waren, diesen Raum wie alles andere als einen Teil eines Raumschiffes wirken zu lassen.

Die große runde Säule des Axialschachts war mit Gitterwerk verkleidet, und das Gitterwerk selbst wurde von dem üppigen Wuchs einer Kletterpflanze verdeckt, deren botanischen Namen er nicht kannte. Kleinere Pfeiler waren ähnlich verkleidet, und überall an der runden Wand – der Wand, die nichts anderes als die Innenseite des Schiffes sein mußte – blühten Pflanzen als lebende Dekoration. In dieser Wand waren auch Fenster eingelassen. Nein, korrigierte Grimes sich, keine Fenster, sondern Hologramme. Die leuchtenden, dreidimensionalen Bilder vermittelten und bestärkten den Eindruck, daß dies hier ein mitten in einem Park gelegener Saal war. Aber auf welchem Planeten? Grimes wußte es nicht zu sagen. Die Bäume, Büsche und Blumen waren ihm unbekannt, die Farbe des Himmels erschien ihm ungewohnt. Er schaute sich nach den anderen Tischgästen um, ungefähr ein Dutzend Passagiere und die Schiffsoffiziere, von denen die meisten schon ihre Plätze eingenommen hatten. Die Offiziere trugen Uniformen. Ungefähr die Hälfte der männlichen Passagiere war wie er formell gekleidet; die anderen hatten lässige Shorts und Freizeithemden an. Doch dies war die erste Nacht im All, und da war eine gewisse Ungezwungenheit zulässig. Die Frauen schienen sich jedoch alle entschlossen zu haben, die Farbenpracht der leuchtenden Blumen hinter den Fenstern, die keine Fenster waren, noch in den Schatten zu stellen.

Er erblickte den Kapitän, unverwechselbar mit seinem Bart und den wie ein Regenbogen schimmernden Ordensbändern an der linken Brustseite der Uniformjacke. An seinem Tisch saßen Passagiere – die Männer zu Untersetztheit neigend, die Frauen rank, schlank und kostspielig wirkend. Grimes war erleichtert, als er sah, daß am Tisch des Kapitäns kein Platz mehr frei war – und dennoch war er darüber auch etwas gekränkt. Er war sich bewußt, daß er nur Fähnrich war, nur einen Streifen hatte, und das noch nicht einmal allzu lange, aber schließlich war der Überwachungsdienst immer noch der Überwachungsdienst.

Er bemerkte trotz seiner Überlegungen, daß ihn jemand ansprach. Es war eine Frau, eine ziemlich rundliche Blondine. Sie trug Uniform, eine weiße Bluse mit Schulterklappen, mit jeweils einem schmalen weißen Streifen, dazu eine Hose mit scharfen Bügelfalten und schwarze, auf Hochglanz polierte Schuhe. Grimes vermutete, daß sie zum Stab des Proviantmeisters gehörte. »Würden Sie mir bitte folgen, Mr. Grimes? Sie sitzen an Miss Pentecoasts Tisch.«

Bereitwillig folgte er der jungen Frau. Sie führte ihn um den Axialschacht herum zu einem Tisch für vier Personen, an dem der Proviantmeister und zwei Passagiere, ein Mann und eine Frau, bereits Platz genommen hatten. Jane Pentecoast war wie seine Führerin gekleidet, die Schlichtheit ihrer goldbesetzten, schwarz- und weißfarbenen Uniform stand in wohltuendem Gegensatz zu dem roten und blauen Flitter und Glitter der anderen Frauen, und ihre Schlankheit stand in noch wohltuenderem Gegensatz zu der leicht schlampigen

Plumpheit der anderen.

Sie lächelte und forderte ihn freundlich auf: »Setzen Sie sich, Admiral.«

»Admiral?« fragte der Mann zu ihrer Linken ungläubig staunend, und seine Stimme klang wenig liebenswürdig. Offensichtlich hatte er getrunken. Trotz seiner Anstrengung, sich zum Essen in Schale zu werfen, sah er ziemlich grobschlächtig aus. Er war ungefähr doppelt so alt wie der Fähnrich, obwohl ihn sein von tiefen Falten durchfurchtes Gesicht unter dem spärlichen, strohblonden Haar älter wirken ließ. »Admiral?« Er lachte und zeigte unregelmäßige, gelbe Zähne. »Von was? Von den Pfadfindern?«

Jane Pentecoast schaltete sich entschlossen in das Gespräch ein. »Gestatten Sie mir, Ihnen Fähnrich Grimes vom Überwachungsdienst vorzustellen.«

»Überwachungsdienst – Pfadfinder ... Gibt's da einen Unterschied?«

»Und ob!« entgegnete Grimes hitzig.

Der Proviantmeister schenkte dem Wortwechsel keine Beachtung. »Fähnrich, das ist Mrs. Baxter ...«

»Ich freue mich wirklich, Sie kennenzulernen«, flötete die Frau gespreizt.

»Und Mr. Baxter.«

Baxter streckte zögernd seine Hand aus, und Grimes ergriff sie nicht minder zögernd. Nachdem den Formalitäten Genüge getan war, ließ Grimes sich in seinen Sitz gleiten und gurtete sich an. Er saß Jane Pentecoast gegenüber. Zu seiner Linken saß Mr. Baxter, dessen Frau zu seiner Rechten. Er blickte zuerst sie an, dann ihren Gatten, und er fragte sich, wie er ein unverfängliches Gespräch beginnen und in Gang halten könne. Aber dies war der Tisch des Proviantmeisters und somit ihre Aufgabe.

Sie nahm sich selbiger an. »Jetzt sehen Sie, wie die Armen leben, Admiral«, bemerkte sie heiter.

Grimes nahm prüfend einen Schluck aus dem Gefäß mit Fleischbrühe, stellte erneut fest, daß die selbsternannten Armen gar nicht schlecht lebten und tat dies auch kund. Die junge Frau lächelte spitz und meinte, daß die erste Nacht im Raum wohl zu früh sei, um solche Schlüsse zu ziehen. »Wir haben noch immer Fleisch und Gemüse von der Erde an Bord«, erklärte sie, »und vor morgen werden sie auch nicht in den Genuß unseres Pulvertafelweins kommen. Heute nacht schwelgen wir in dem Luxus eines ganz passablen Montrachets. Sie werden den Unterschied schon merken, wenn wir von den Erzeugnissen unserer sogenannten Farm leben und diese mit aufbereitetem Plombenzieher hinunterspülen.«

Der Fähnrich antwortete, daß seiner Erfahrung nach nicht wichtig sei, ob das Essen von den Zuchtbecken der Zellkulturen oder den grünen Feldern der Erde stamme, sondern das Ausschlaggebende die Zubereitung sei.

»Sie haben viel Erfahrung, Admiral?« fragte sie.

»Nicht sehr viel«, gab er zu. »Aber der Mannschaftskoch auf meinem letzten Schiff konnte nicht mal Wasser kochen, ohne es anbrennen zu lassen.«

Baxter, dem, wie man nicht überhören konnte, das Essen gut schmeckte, bemerkte, daß dieses Versteiftsein auf Essen und Trinken symptomatisch für die Dekadenz der Erde sei. Während er sprach, kratzte sein Messer unangenehm über die Stahlzacken, die sein gegrilltes Steak auf dem Teller festhielten.

Grimes spielte mit dem Gedanken, den Mann zu fragen, ob er gute Tischmanieren ebenfalls für ein Zeichen von Dekadenz halte, entschied sich dann aber dagegen. Schließlich war dies nicht *sein* Tisch. Statt dessen fragte er: »Und woher kommen Sie, Mr. Baxter?«

»Von den Randwelten, Mr. Grimes. Vogel friß oder stirb heißt es da – wir haben deshalb keine Zeit, über die Qualität dessen nachzudenken, was wir essen.« Er saugte geräuschvoll Wein aus dem Gefäß. »Unser Leben wäre allerdings leichter, wenn Ihr kostbarer Überwachungsdienst etwas dafür tun würde, die Handelsstraßen offen zu halten.«

»Das ist unsere Aufgabe«, sagte Grimes steif. »Und diese Aufgabe erfüllen wir auch.«

»Und wie! In der ganzen Galaxis gibt es keinen Piraten,

der euch nicht durch die Lappen geht!«

»Nahezu jeder Pirat wurde zur Strecke gebracht und vernichtet«, erwiderte Grimes.

»Nahezu jeder Pirat, sagt der Mann! Ein paar armselige Stümper, meint er!«

»Sogar den berüchtigten Schwarzbart«, beharrte Grimes.

»Schwarzbart!« Baxter sprudelte den Namen aus seinem vollen Mund hervor und gestikulierte mit seiner beladenen Gabel in Grimes' Richtung. »Schwarzbart! Der war 'ne Null. Als er und seine Süße sich trennten, war der doch erledigt. Ich rede von den *echten* Piraten, von denjenigen, deren Schiffe auf der Flagge Nationalfarben statt des Totenkopfes tragen, von denjenigen, die sich Ihr kostbarer Überwachungsdienst nicht mal zu erschrecken traut. Von denjenigen, die für die Föderation die Drecksarbeit machen.«

»Als da wären?« fragte Grimes eisig.

»Aha, jetzt spielen Sie auf einmal die Unschuld vom Lande. Haben noch nie vom Herzogtum Waldegren gehört, was, Mr. Fähnrich Grimes?«

»Natürlich habe ich. Es ist autonom, aber Waldegren und die Föderation haben etwas unterschrieben, was man einen Pakt immerwährender Freundschaft nennt.«

»Wirklich schöne Worte. Nehmen wir sie doch mal unter die Lupe. Wir machen einfach ein Gleichnis. Kennen Sie sich mit Tieren aus, Mr. Fähnrich Grimes?«

»Tiere?« Grimes war verwirrt. »Na, ein wenig weiß ich schon Bescheid. Ich habe die üblichen Kurse in Xenobiologie besucht . . .«

»Vergessen Sie das. Sie sind ein Terry. Beschränken wir uns auf eine Auswahl Ihrer eigenen terranischen vierfüßigen Freunde.«

»Worauf, zum Teufel, wollen Sie eigentlich hinaus«, brauste Grimes auf und verlor die Beherrschung. Er warf einen entschuldigenden Blick in Jane Pentecoasts Richtung, mußte jedoch feststellen, daß sie mehr amüsiert als entrüstet war.

»Stellen Sie sich mal einen Pakt immerwährender Freundschaft zwischen einem Elefanten und einem Kater vor«, fuhr

Baxter fort. »Ein fetter, fauler Elefant. Ein schlanker, gemeiner, boshafter Kater. Der Elefant könnte diesen Kater in einen Bettvorleger verwandeln, indem er einfach auf ihn tritt. Das will er aber nicht. Er läßt den Kater in Ruhe, einfach weil der Kater ihm nützlich ist. Ja er tut sogar mehr, als ihn nur in Ruhe lassen. Er und der Kater ziehen ihren Füllfederhalter hervor, wo sie diese auch immer tragen mögen, und unterzeichnen ihren bekannten Pakt.

Für den Fall, daß Sie das nicht selbst herausgefunden haben, der Elefant steht für die Föderation, und der Kater für das Herzogtum von Waldegren.«

»Aber weshalb?« fragte Grimes. »Weshalb?«

»Bringt man euch Frischlingen denn überhaupt keine interstellare Politik bei? Oder sind diese Kurse für die erste Garnitur reserviert? Na gut, Mr. Grimes, ich sag's Ihnen. Ob Sie's glauben oder nicht, er hat vor Mäusen Angst. Und in der Föderation gibt's ein paar Mäuse. Mäuse, die den Elefanten durch ihr Rascheln und Trippeln und ihrem Gequieke nach voller Autonomie nervös machen. Und jetzt kommt der Kater ins Spiel. Durch den ungehinderten Einsatz seiner Fänge und Krallen, ja durch seine bloße Anwesenheit, zwingt er die Mäuse stillzuhalten.«

»Und wer sind nun diese bekannten Mäuse, Mr. Baxter?« fragte Grimes.

»Bringen sie euch denn in eurer verdammten Akademie überhaupt nichts bei? Ich sag's Ihnen. Für *uns* Hinterwäldler sind die Mäuse die Randwelten, und der Kater ist, wie ich schon sagte, das Herzogtum von Waldegren. Das Herzogtum kann sich Mord erlauben – Mord und Piraterie. Doch nach dem Herzogtum und eurem großen, dummen Elefanten von der Föderation, ist es überhaupt keine Piraterie. Es heißt – warten Sie mal, welche komische Redewendung haben sie gebraucht? Konterbande-Kontrolle. Verhinderung von Spionage. Verletzung der Drei-Millionen-Meilen-Zone. Jedesmal, wenn ein eindeutiger Akt der Piraterie verübt wurde, gibt es eine – Anführungszeichen unten – legale – Anführungszeichen oben – Entschuldigung dafür, und sie wird durch die blinde Justitia der Föderation aufrechterhalten, und ihr Weichlinge vom Überwachungsdienst sitzt auf eurem breiten, fetten Hintern und macht nicht mal den kleinen Finger krumm gegen eure lieben, mörderischen Kumpels, die Waldegrenenser. Würdet ihr was tun, schickten sie euch heulend zur Basis zurück, und irgendein lieber alter Papa von Admiral würde euch den Hintern versohlen.«

»Bitte, Mr. Baxter!« warnte ihn Jane Pentecoast.

»Entschuldigung, Miss. Ich ließ mich ein bißchen hinreißen. Aber mein Bruder war Dritter Maschineningenieur auf der alten *Bunyip*, als sie vermißt gemeldet wurde. Es wurde nie etwas bewiesen – aber die Marine von Waldegren hielt Flottenmanöver in dem Sektor ab, den sie durchquerte, als man zuletzt von ihr hörte. Oh, das sind verschlagene Dreckskerle. Die werden sich nie an ein Schiff wie dieses heranwagen oder an einen der Trans-Galaxis-Klipper; es wird immer ein armer alter Kahn sein, den niemand außer den Freunden und Verwandten der Besatzung vermißt. Und die Versicherungen, nehme ich an –, aber Lloyds verdient sich dumm und dämlich an Schiffen, die nicht verlorengehen, so daß sie es gut verkraften können, hin und wieder zu blechen. Wenn ich's recht überlege, paßt denen das sogar ganz gut in den Kram. Solange es ein paar ›Verspätungen‹ und ›Vermißt‹ gibt, können sie die Prämien hochhalten.«

»Aber ich kann immer noch nicht verstehen, daß sich Piraterie auszahlt«, gab Grimes zu bedenken.

»'türlich macht sich das bezahlt. Für ihren Freund Schwarzbart hat es sich auch bezahlt gemacht. Und wenn Sie schon die Kosten für den Bau und Unterhalt einer Kriegsflotte auf sich nehmen, kann sie sich genausogut ihren Unterhalt selbst verdienen. Sogar ihr berühmter Überwachungsdienst könnte wohl Profit machen, wenn ihr euch auf jeden fetten Kaufmann stürzen dürftet, der in die Reichweite eurer Kanonen kommt.«

»Aber daß die Föderation Piraterie duldet, wie Sie hier andeuten . . . Das ist doch mit Verlaub ein Hirngespinst.«

»Wenn Sie auf den Randwelten leben würden, hätten Sie

vielleicht eine andere Meinung darüber«, knurrte Baxter.
Und Jane Pentecoast warf ein: »Nicht Piraterie. Konfrontation.«

5

Sobald das Mahl beendet war, verließen die Baxters ziemlich hastig den Tisch, um an die Bar zu gehen, und überließen Grimes und Jane Pentecoast dem müßigen Genuß ihres Kaffees. Als das Paar außer Hörweite war, bemerkte Grimes: »So sind also die Randweltler. Die beiden sind die ersten, die ich kennengelernt habe.«

»Nein, das sind sie nicht«, antwortete die junge Frau.

»Doch, sie sind es. Ein oder zwei sind natürlich auch im Überwachungsdienst, aber denen bin ich nie begegnet. Und nach diesem Gespräch möchte ich das eigentlich auch nicht mehr.«

»Sie haben aber schon einen Randweltler getroffen, bevor Sie die Baxters kennengelernt haben.«

»Den Kapitän?«

Sie lachte. »Lassen Sie ihn das nicht hören – es sei denn, Sie hätten Lust auf einen Weltraumspaziergang ohne Raumanzug!«

»Wer denn dann?«

»Wer könnte es sein, Admiral? Wen haben Sie auf diesem Schiff kennengelernt, mit wem haben Sie gesprochen? Strengen Sie Ihre kleinen grauen Zellen an!«

Er schaute sie ungläubig an. »Doch nicht etwa Sie?«

»Wer sonst?« Sie lachte wieder, diesmal aber mit einer Spur von Verbitterung. »Wissen Sie, wir sind nicht alle so wie die Herrschaften, die uns gerade mit ihrer Gegenwart erfreut haben. Zumindest sollten Sie das wissen. Trotzdem, wenn Sie mal wirklich in der Tinte sitzen, können Sie sich glücklich schätzen, Jim Baxter an Ihrer Seite zu haben. Es läuft auf folgendes hinaus: Manche von uns haben sich Manieren zugelegt, manche nicht. Punkt.«

»Aber wie kamen Sie ...?« Er suchte nach Worten, die nicht beleidigend klangen, um den Satz zu beenden.

»Wie ich auf diese Galeere kam? Ganz einfach. Ich begann meine Raumfahrer-Karriere als nicht besonders qualifizierter Versorgungsoffizier auf der *Jumbuk*, einem altersschwachen klapprigen Kahn der Sundowners-Linie. Auf Elsinore wurde ich krank. Vielleicht mußte ich ins Krankenhaus, weil ich der Smutje war. Na ja, ich war fast wieder auf dem Damm, als die *Epsilon Serpentis* von der Transport-Kommission hereinschneite – und *deren* Proviantmeister kam mit einem gebrochenen Bein an. Sie mußte ihr Lehrgeld bezahlen, um festzustellen, daß die Goldene Regel – *laß alles stehen und liegen und sichere alles, wenn die Beschleunigungswarnung kommt* – nicht umsonst ausgegeben wird. Der Arzt hatte mehr Glück. Sie fing seinen Sturz ab ...«

Grimes wollte gerade fragen, was der Arzt und der Proviantmeister getrieben hatten, war dann aber heilfroh, daß er es nicht getan hatte. Er war sich schmerzhaft bewußt, daß sein Gesicht viel Ähnlichkeit mit einer Tomate hatte.

»Sie müssen wissen«, bemerkte die junge Frau trocken, »daß auf Schiffen der Handelsmarine mit gemischter Besatzung kein Leben klösterlicher Enthaltsamkeit geführt wird. Aber wo war ich stehengeblieben? Ah, ja. Ich war also auf Elsinore und mußte den Kapitän der *Snaky Eppy* davon überzeugen, daß ich fähig und anständig genug für die Stelle des Proviantmeisters war. Es gelang mir, ihn zu überzeugen, daß ich zumindest anständig genug war – ich weiß immer noch nicht, was meine Vorgängerin in dem lüsternen alten Bock von einem Quacksalber sah, obwohl der Zweite Offizier das gewisse Etwas hatte ...« Ein stechender Schmerz der Eifersucht durchfuhr Grimes plötzlich. »Jedenfalls musterte er mich an, als ich damit einverstanden war, auf eine Rückführung auf meinen Heimatplaneten zu verzichten.

Es war eine lange Reise; wie Sie wissen sind die Schiffe der Epsilon-Klasse nicht viel besser als Tramps. Es war eine lange Reise, aber sie gefiel mir – ich lernte alle die Welten kennen, von denen ich gehört und gelesen hatte, und die ich schon immer einmal besuchen wollte. Die Sundowner-Linie wagt sich nicht sehr weit hinaus – sie steuert nur die vier Randwelten an, hin und wieder den Shakespeare-Sektor und alle Jubeljahre einmal einen der langweiligen Planeten des Imperiums von Waverly. Die Tramps der Kommission steuern natürlich *alles* an.

Wie auch immer, schließlich legten wir in Woomera an. Der Alte muß einen guten Bericht über mich eingereicht haben, denn der dortige Aufsichtsbeamte rief mich zu sich und bot mir einen Posten im Stab des Proviantmeisters auf einem Linienschiff der *Alpha*-Klasse an. *Alpha Centauri*, wenn Sie's genau wissen wollen. Sie lief auf der Sol-Sirius Strecke. Nichts Besonderes, was die Anlegehäfen anging, aber sie war ein tadelloses Schiff, hervorragend gewartet und qualifiziert geführt. Die Jahre auf diesem Schiff schliffen meine Kanten ab. Danach kam eine Fahrt als Zweiter Proviantmeister auf der *Beta Geminorum*. Atlanta, Caribbea Carinthia und die Cluster-Welten. Und dann zum erstenmal als Erster Proviantmeister auf einem Schiff. Diesem hier.«

Eines von Janes Mädchen brachte ihnen neue Gefäße mit Kaffee und Ampullen mit süßem, starkem Likör. Nachdem sie gegangen war, fragte Grimes: »Können Sie mir etwas über die Randwelten erzählen?«

Sie wartete, bis er mit seinem Feuerzeug die Spitze ihrer langen, dünnen Zigarre angezündet hatte, und antwortete dann: »Kalt. Dunkel. Einsam. Aber – sie haben etwas an sich. Das Gefühl, an einer Grenze zu sein. *Der* Grenze. Der letzten Grenze.«

»Der Grenze der Finsternis ...«, murmelte Grimes.

»Stimmt. Die Grenze der Finsternis. Auch die Namen unserer Planeten sind anders. Sie sind irgendwie – poetisch? Ja, das ist das richtige Wort dafür. Lorn, Ultimo, Faraway und Thule ... Und dann ist da unser Nachthimmel, besonders zu bestimmten Zeiten im Jahr. Man sieht die Galaxis – ein großer, schwach leuchtender, linsenförmiger Nebel, und sonst nur Dunkelheit. Zu anderen Zeiten des Jahres sieht man nur

Dunkelheit, eine Schwärze, verstärkt durch die spärlichen, matten Sterne – die Sonnen der anderen Randwelten – und durch die wenigen, schwach leuchtenden Wolken die weit entfernten Inseln im All, die wir nie erreichen werden . . .«

Sie erschauerte fast unmerklich. »Und immer ist da das Gefühl, daß wir an der wirklichen Grenze sind, daß wir uns mit den Fingerspitzen gerade noch festhalten können und unter uns der Abgrund der ewigen Nacht aufklafft. Die Randweltler sind kein Volk von Raumfahrern; nur ganz wenige von uns fühlen den Drang hinauszugehen. Vielleicht ist es ähnlich wie mit euren Maoris – ich verbrachte einmal einen Landurlaub auf Neuseeland und interessierte mich für die Landesgeschichte. Die Maoris stammen von einem seefahrenden Volk ab. Ihre Vorfahren unternahmen eine lange Reise von ihrer paradiesischen Heimat zu jenen öden und trostlosen kleinen Inseln, die ganz allein im kalten, stürmischen Südpazifik hängen und von eisigen Stürmen gepeitscht werden, die von der Antarktis heraufjagen. Und irgend etwas – die Isolation? das Klima? – tötete den Wandertrieb ab, der ein grundlegender Bestandteil des Wesens ihres Volkes war. Es gibt nur sehr wenige Maoris zur See – oder im Weltraum –, obwohl es mehr als genug Polynesier von den Heimatinseln an Bord der Schiffe gibt, die die Häfen des Pazifiks anlaufen. Gar nicht wenige sind auch auf den Schiffen der Kommission . . .«

»Wir haben ein paar im Überwachungsdienst«, warf Grimes ein. »Aber erzählen Sie mir doch, woher bekommt ihr die Besatzung für eure Schiffe? Diese Sundowner-Linie von euch . . .«

»Es gibt immer die Ruhelosen, die Verzweifelten und die Verstoßenen der Interstellaren Transport-Kommission, der Trans-Galaxis-Clippers, der Königlichen Post von Waverly und all den anderen. Auch vom Überwachungsdienst?«

Die Frage hob sie aus ihrer trüben Stimmung. »Nein«, antwortete sie mit einem Lächeln. »Bis jetzt noch nicht.«

»Niemals«, sagte Grimes.

Sobald seine anfängliche Schüchternheit – und mit ihr auch sein auf der Akademie angelernter Snobismus – sich verloren hatten, begann Grimes, die Reise zu genießen. Überwachungsdienst hin oder her, dies war schließlich ein Schiff, und er war Raumfahrer. Es war ihm gelungen, die Tatsache zu akzeptieren, daß die meisten Offiziere auf diesem Schiff, auch die jüngsten unter ihnen, weitaus erfahrenere Raumfahrer als er waren. Wie er noch *jetzt* war, rief er sich oft ins Gedächtnis. Insgeheim lauerte in seinen Gedanken das selbstgefällige Wissen, daß für alle von ihnen der Kapitänsrang die letzte Station ihrer Karriere sein würde, während er eines Tages im Ernst so angesprochen werden würde, wie ihn Jane Pentecoast jetzt noch im Spaß anredete.

Er war ein häufiger Gast auf der Brücke, beherzigte jedoch den Rat des Kapitäns und achtete darauf, niemandem in den Weg zu kommen. Die Wachoffiziere nahmen ihn fast wie ihresgleichen auf und waren bereit, ihn in das schwierige Verfahren einzuführen, eine Positionsbestimmung zu erhalten, während der Interstellar-Antrieb arbeitete – mehr eine Kunst als eine Wissenschaft.

Nachdem er die Erlaubnis vom Chefingenieur erhalten hatte, tummelte er sich in den Maschinenräumen des Schiffes und versuchte, sein theoretisches Wissen des Reaktions-, Trägheits- und Interstellar-Antriebs durch praktische Erfahrungen zu ergänzen. Die ersten zwei waren natürlich außer Betrieb und würden es so lange bleiben, bis das Schiff aus der verzerrten Raum-Zeit in das normale Kontinuum auftauchen würde. Aber der Reaktor, das radioaktive Herz des Schiffes, war zu sehen, und die Versorgungssysteme, die auf diesem winzigen, von Menschenhand erschaffenen Planeten die Arbeit verrichteten, die auf einer natürlichen Welt von Winden, Flüssen, Sonnenlicht und Gravitation besorgt wird.

Da war der Mannschenn-Antriebsraum – und innerhalb dieses Allerheiligsten mußte sich kein Mensch seiner Furcht vor dieser unheimlichen Kompliziertheit sich unablässig drehender Gyroskope schämen. Er starrte auf die taumelnden Rotoren, die glänzenden Räder, die immer kurz davor zu stehen schienen, ins Nichts zu verschwinden, die sich dunklen Dimensionen entgegenwälzten und das Schiff und alles, was an Bord war, mit sich zogen. Er starrte wie hypnotisiert auf die Maschinen, verloren in einem unklaren, bedrückenden Traum, in dem Vergangenheit und Gegenwart und Zukunft unentwirrbar verknüpft waren, bis der Chefingenieur des Interstellar-Antriebs ihn fest beim Arm nahm und aus dem Raum führte. »Wenn Sie zu lange in diesen Zeitverdreher schauen«, brummte er, »werden Sie sich selbst begegnen, wenn Sie zurückkommen!«

Dann war da die »Farm«, das Deck mit den Behältern der Hefe- und Gewebekulturen, das nicht mehr (aber auch nicht weniger) als eine äußerst leistungsfähige Proteinfabrik war, und das Deck, wo die großen, durchsichtigen Kugeln standen, in denen Algen die organischen Abfallprodukte und das Abwasser in verwertbare Stoffe umwandelten. (Zu Nährstoffen für die Hefe- und Gewebekulturen und zu Dünger für die Tanks mit den Wasserkulturen, wie der Biochemiker ihm eifrig erklärte.) Und das Deck, wo eine üppige Pflanzendecke aus ihren Kästen wucherte und fast die Gänge mit dichtem Grün verschloß. Dort befand sich die Vitaminquelle des Schiffes, und von dort stammten auch die Blumen auf den Tischen des Salons. Gleichzeitig war sie der Kern der Klimaanlage.

»Wissen Sie, eigentlich beneide ich Ihren Kapitän«, sagte Grimes zu Jane Pentecoast, die ihn auf seinem Rundgang begleitet hatte.

»Wenn Sie das sagen, Admiral«, meinte sie spottend, »will das natürlich etwas heißen. Aber warum beneiden Sie ihn?«

»Wie soll ich mich ausdrücken? Ihr erreicht auf natürliche Weise das, was wir nur mit Chemikalien und Maschinen schaffen können. Der Kapitän eines Kriegsschiffs ist der Kapitän eines Kriegsschiffs. Punkt. Aber Ihr Kapitän ist der absolute Herrscher über eine vollkommene kleine Welt.«

»Von einem Kriegsschiff wird erwartet«, antwortete sie, »daß es auch selbst dann noch funktionsfähig ist, wenn jedes Deck einen Treffer abgekriegt hat. Ein Kriegsschiff kann das Leben seiner Besatzung nicht an das Leben von Wirtspflanzen anderer sauerstoffatmender Organismen binden.«

»Genau wie's im Buch steht«, pflichtete er bei. Dann setzte er verwirrt hinzu: »Aber für eine . . .« Er hielt inne.

»Aber für eine Frau, für einen Proviantmeister oder für einen einfachen Handelsoffizier, weiß ich sehr viel«, beendete sie seinen Satz. »Wissen sie, ich bin nämlich in der Lage zu lesen. Und als ich bei der Sundowner-Linie angeheuert hatte, wurde von mir wie von allen anderen Offizieren erwartet, mit den neuesten Publikationen des Überwachungsdienstes Schritt zu halten.«

»Aber aus welchem Grund?« fragte er.

»Warum nicht? Eines Tages werden wir unsere eigene Kriegsflotte haben. Warten Sie ab, Admiral.«

»Ein Sezessionskrieg?« hakte er nach und sprach es wie ein unanständiges Wort aus.

»Wieder mal – warum nicht?«

»Das würde nie gutgehen«, meinte er.

»Die Geschichte der Erde ist überreich an Sezessionskriegen, die Erfolg hatten. Die Geschichte der raumfahrenden Menschheit bildet hier auch keine Ausnahme. Nehmen Sie zum Beispiel das Imperium von Waverley. Oder das Herzogtum von Waldegren – obwohl dieser Sezessionskrieg besser hätte scheitern sollen. Dann wären wir jetzt alle weitaus glücklicher.«

»Die Politik der Föderation . . .« begann er.

». . . können Sie vergessen! Seien wir zu den Waldegrenesern nicht unfreundlich, denn solange es sie gibt, üben sie einen besänftigenden Einfluß auf das Imperium von Waverley und die Randwelten aus . . .« Ihr Schritt verlangsamte sich. Grimes bemerkte, daß sie den Gang erreicht hatten, in dem sie und ihr Stab untergebracht waren. »Aber das ganze Gerede über Politik macht durstig«, fuhr sie fort. »Kommen Sie auf einen Drink vor dem Essen zu mir.«

»Danke. Aber Jane« – sie schien nicht zu bemerken, daß er sie mit ihrem Vornamen anredete – »ich glaube nicht, daß wir beide dazu fähig und berechtigt sind, die Handhabung der Außen- und Kolonialpolitik zu kritisieren.«

»Die Rede eines netten, jungen, hübsch angepaßten zukünftigen Admirals. Oh, ich weiß, ich weiß. Ihr seid darauf trainiert, die Schläger der Föderation zu sein. Befehle sind nicht da, um darüber nachzudenken, sondern um befolgt zu werden – bis in den Tod, und das ganze andere Süßholz. Aber ich stamme von den Randwelten – und draußen am Rand der Galaxis lernt man, für sich selbst zu denken.« Sie ließ die Tür ihrer Unterkunft aufgleiten. »Kommen Sie rein. Fühlen Sie sich wie zu Hause – Sie können auf den Fußboden spucken und der Katze auf den Schwanz treten . . .«

Ihre Unterkunft glich mehr einer Suite denn einer Mannschaftskabine. Sie war weder so groß noch so gut eingerichtet wie die des Kapitäns, aber sie war besser als die des Ersten Offiziers, in der Grimes bereits zu Gast gewesen war. Er schaute sich interessiert die Hologramme am Schott des Wohnzimmers an. Sie waren ebenso wie die Kapitän Cravens ein wirklicher Blickfang – wenn auch auf ganz andere Weise. Eines davon ließ den Betrachter unwillkürlich frösteln, es rief das Gefühl von totaler Kälte, Finsternis und Einsamkeit hervor. Es zeigte den Nachthimmel irgendeines Planeten – eine Bergkette undeutlich zu erkennender jedoch scharf gezackter Spitzen, die einen großen, schwach leuchtenden Sternennebel zerschnitten. »Home, sweet home«, murmelte das Mädchen, als es sah, worauf sein Blick ruhte. »Die Berge der Einsamkeit auf Faraway, im Hintergrund die Galaxis.«

»Und *danach* haben Sie Heimweh?«

»Und ob ich Heimweh habe! Oh, natürlich nicht immer. Ich mag genau wie jede andere Frau auch Wärme und Behaglichkeit. Aber . . .« Sie lachte. »Stehen Sie hier nicht so einfältig herum – mit Ihnen sieht's hier unaufgeräumt aus. Ziehen Sie sich in einen Stuhl und setzen Sie sich auf Ihre vier Buchstaben.«

Dem kam er folgsam nach und beobachtete sie, während

sie sich an der Hausbar zu schaffen machte. Plötzlich, jetzt da er mit ihr allein war, wurde er sich nur zu deutlich bewußt, daß sie eine Frau war. Als sie sich bückte, überließen die knapp sitzenden Shorts sehr wenig seiner Vorstellungskraft. Ihre Beine waren schlank und dennoch kraftvoll, und ihre Muskeln arbeiteten geschmeidig unter ihrer sanften Haut. Er fühlte ein Bedürfnis in sich aufsteigen, das er nur mühsam zu unterdrücken vermochte. Plötzlich richtete sie sich auf. »Hier! Fangen Sie!« Er konnte das birnenförmige Gefäß, das auf sein Gesicht zuflog, gerade noch fangen, aber ein wenig Wein schwappte heraus und traf ihn ins rechte Auge. Als seine Sicht wiederhergestellt war, sah er, daß sie ihm gegenübersaß und lachte (über oder mit ihm?). Über, vermutete er. Eine echte Bezeugung des Mitgefühls hätte aus Bekümmerung und nicht aus Gelächter bestanden. Ihr Gesichtsausdruck wurde für einen Augenblick ernst. »Welch eine Verschwendung«, sagte sie tadelnd.

Grimes schaute sich das Gefäß an. »Viel habe ich nicht verschwendet. Nur ein Augevoll.«

Sie hob ihren Drink zu einem rituellen Toast. »Auf den Wein in Ihrem Auge«, sagte sie und fügte hinzu, »der ihren messerscharfen Blick trübte.«

»Danke.«

In der entstandenen Stille saßen sie da und schauten einander an. Eine Spannung lag in der Luft, irgendein merkwürdiges Ergebnis der Zentrifugal- und Zentripetalkraft. Sie standen auf der Schwelle zu etwas Neuem, und sie beide wußten es, und es herrschte der Zwang weiterzugehen, dem der Drang zurückzugehen entgegenstand.

»Haben Sie noch nie die Beine einer Frau gesehen?« fragte sie kokettierend.

Er erhob seinen Blick zu ihrem Gesicht, zu den Augen, die irgendwie nicht mehr braun schienen, sondern in denen etwas von der Tiefe und Dunkelheit lag, durch die das Schiff stürzte.

»Ich glaube, sie trinken besser aus und gehen«, sagte sie unvermittelt.

»Vielleicht haben Sie recht«, meinte er.

»Da können Sie sicher sein.« Sie brachte trotzdem ein nettes Lächeln zustande. »Ich bin keine Faulenzerin wie manche andere Leute. Ich muß meine Arbeit machen.«

»Wir sehen uns dann beim Essen. Und danke schön.«

»Bedanken Sie sich nicht bei mir. Es war auf Kosten des Hauses. Raus mit Ihnen, Admiral.«

Er löste den Gurt, erhob sich aus dem Sessel und ging zu der Tür. Als er ihre Unterkunft verlassen hatte, ging er nicht zu seiner eigenen Kabine sondern zur Bar, wo er sich zu den Baxters gesellte. Zu seiner Überraschung wurde er von ihnen freundlich begrüßt. Die Randweltler, stellte Grimes fest, hatten auch ihre guten Seiten.

Nach dem Essen sagte ihm eines von Jane Pentecoasts Mädchen, daß der Kapitän ihn zu sehen wünsche. *Was habe ich jetzt verbrochen*, fragte sich Grimes – und beantwortete sich seine Frage mit den Worten: *Nichts. Unglücklicherweise.*

Cravens Stimme war ernst, als er Grimes in seine Tageskabine hereinbat. »Kommen Sie rein, Fähnrich. Setzen Sie sich.«

»Danke Sir.«

»Sie dürfen rauchen, wenn Sie wollen.«

»Danke, Sir.«

Grimes stopfte sich seine Pfeife und steckte sie in Brand; der Kapitän entzündete eine seiner beißenden Zigarren und beobachtete die aufsteigenden Rauchwölkchen als schrieben sie eine lebenswichtige Botschaft in irgendeiner unbekannten Sprache.

»Äh, Mr. Grimes, es heißt, daß Sie sehr oft mit meinem Proviantmeister, Miss Pentecoast, zusammen waren.«

»Nicht sehr oft, Sir. Ich sitze allerdings an ihrem Tisch.«

»Mir wurde gesagt, daß sie Sie in ihrer Unterkunft bewirtet hat.«

»Nur auf einen Drink, Sir. Ich hatte keine Ahnung, daß wir gegen die Schiffsvorschriften handelten.«

»Das taten Sie auch nicht. Trotzdem, Mr. Grimes, muß ich

Sie warnen.«

»Ich versichere Ihnen, Sir, daß nichts zwischen uns vorgefallen ist.«

Craven erlaubte sich ein kurzes, kühles Lächeln. »Ein Schiff ist kein Ausflug der Sonntagsschule – und schon gar nicht, wenn das Schiff unter meinem Kommando steht. Ich weiß, einige Kapitäne erwarten von ihren Offizieren, daß sie sich wie Schüler einer Sonntagsschule benehmen, und sie selbst stehen dann als Vorsteher an der Spitze – aber *ich* erwarte von meinen Offizieren, daß sie sich wie intelligente und selbstverantwortliche Erwachsene benehmen. Miss Pentecoast kann sehr gut auf sich selbst aufpassen. Ich mache mir um Sie Sorgen.«

»Es gibt keinen Grund, sich um mich Sorgen zu machen.«

Der Kapitän lachte. »Ich sorge mich auch nicht um Ihre Moral, Mr. Grimes. Ich bin sogar zu der Auffassung gekommen, daß ihnen ein Schäferstündchen mehr gut tun als schaden würde. Aber Miss Pentecoast ist eine gefährliche Frau. Kurz bevor wir abhoben, sehr kurz bevor wir abhoben, habe ich einen vertraulichen Bericht über ihre Tätigkeiten erhalten. Sie ist ein sehr tüchtiger Proviantmeister, sogar ein extrem tüchtiger Proviantmeister, aber sie ist noch viel mehr als das. Viel mehr.« Wieder beobachtete er den Rauch seiner Zigarre. »Unglücklicherweise gibt es keine *wirklichen* Beweise, sonst wäre sie jetzt nicht auf diesem Schiff. Hätte ich auf ihrer Entlassung bestanden, hätte dies die Gewerkschaft der Interstellaren Verwaltungs- und Versorgungsoffiziere auf den Plan gerufen.«

»Bestimmt nicht«, murmelte Grimes.

»Ihr Leute vom Überwachungsdienst habt es gut«, schnaubte der Kapitän verächtlich. »Ihr müßt euch nicht mit einem Pack von Gewerkschaften herumschlagen, von denen jede nur zu bereit ist, einem Mitglied zur Seite zu stehen, ganz gleich, was ihm oder ihr vorgeworfen wird. Als Kapitän des Überwachungsdienstes werden Sie nie einen Prozeß wegen unrechtmäßiger Entlassung am Hals haben. Sie wird man nie beschuldigen, jemanden zu schikanieren.«

»Aber was hat Miss Pentecoast denn getan, Sir?« fragte Grimes.

»Nichts – oder viel zuviel. Sie wissen, woher sie stammt oder? Die Randwelten. Die Planeten der Eigenbrötler, der Rebellen und Dissidenten. In letzter Zeit war von einem Aufstand die Rede – aber selbst diese verantwortungslosen Anarchisten wissen sehr genau, daß einem Sezessionskrieg nie Erfolg beschieden sein wird, wenn sie nicht über ihre eigene Raumflotte verfügen. Da ist das Herzogtum von Waldegren, das sofort zuschlagen würde, wenn die Föderation ihren Schutz zurückzöge. Und selbst das Imperium von Waverley könnte versucht sein, seine Grenzen auszuweiten. Deshalb ...

Diese Randweltler haben so etwas wie eine Handelsmarine. Die Sundowner-Linie. Ich habe Gerüchte gehört, daß sie bald verstaatlicht werden soll. Aber sie haben keine Kriegsmarine.«

»Aber was hat das alles mit Miss Pentecoast zu tun, Sir?«

»Wenn das, was in diesem vertraulichem Bericht mehr als nur angedeutet ist, der Wahrheit entspricht – viel. Sie ist nicht weniger als ein Werbeoffizier. Jeder Offizier, der zu derselben Besatzung wie sie gehört und verärgert ist, kurz davor steht, sein Entlassungsgesuch einzureichen oder der unfreiwillig kurz vor der Entlassung steht, dem schenkt sie ihre weibliche Aufmerksamkeit und erzählt ihm, daß ein Posten auf den Randwelten immer auf ihn warte und daß die Sundowner-Linie sich bald vergrößert, so daß es also schnell zu Beförderungen kommen wird, und so weiter.«

»Und was hat das mit mir zu tun, Kapitän?«

»Sind alle Fähnriche des Überwachungsdienstes solche naiven Unschuldslämmer wie Sie, Mr. Grimes? Die Randwelten wollen Handelsoffiziere, nach denen sind sie ganz verrückt. Offiziere der Kriegsmarine werden sie aber noch dringender benötigen, wenn die Bombe erst einmal hochgeht.«

Grimes erlaubte sich ein ungläubiges Lächeln. »Es ist äußerst unwahrscheinlich, Sir, daß ich jemals wünsche, den Überwachungsdienst zu verlassen.«

»Unwahrscheinlich vielleicht – jedoch nicht unmöglich. Merken Sie sich, was ich Ihnen gesagt habe. Ich glaube, daß Sie auf sich selbst aufpassen können, nach dem Sie jetzt Bescheid wissen.«

»Das glaube ich auch«, bekräftigte Grimes entschlossen. *Der alte Bastard hat zu viele Spionagegeschichten gelesen*, dachte er.

7

Sie tanzten.

Tische und Stühle waren aus dem Salon des Schiffes geräumt worden, und aus der großen, reich verzierten Musicbox hämmerte die Musik eines Orchesters, das so bekannt war, daß selbst Grimes davon schon gehört hatte – die Singing Drums.

Sie tanzten.

Einige Paare wiegten sich im sanften Takt und verloren nie die Berührung ihrer magnetisch beschuhten Füße mit dem stahlglänzenden Deck.

Andere hingegen – ob aus Wagemut oder Tollkühnheit – vollführten in der Schwerelosigkeit Kapriolen und vollführten phantastische Luftsprünge, die jedoch selten anmutig wirkten.

Sie tanzten.

Fähnrich Grimes versuchte zumindest zu tanzen.

Es lag nicht an seiner Partnerin, daß es einer Katastrophe gleichkam. Sie, Jane Pentecoast, bewies die Richtigkeit der oft gemachten Feststellung, daß Raumfahrer und Raumfahrerinnen Experten in dieser Übung sind. Er, John Grimes, bildete die Ausnahme, welche die Richtigkeit der Regel bewies. Er schwitzte, und seine Füße fühlten sich sechsmal so groß an wie sonst. Nur die Tatsache, daß er Jane in den Armen hielt, eng in den Armen hielt, bewahrte ihn vor der völligen Verzweiflung.

Die Musik klang aus. Als sie wieder einsetzte, bat Jane: »Lassen wir diesen Tanz aus, Admiral.«

»Wenn Sie es wünschen«, antwortete er und versuchte nicht zu dankbar zu klingen.

»Jawohl, das wünsche ich. Es macht mir nichts aus, ein wenig Lack von meinen Zehennägeln einzubüßen, aber ich glaube, wir lassen es gut sein, solange ich noch über einen vollständigen Satz Zehen verfüge.«

»Tut mir leid«, sagte er.

»Mir auch.« Aber der Anflug eines Lächelns nahm den Worten ihre Strenge.

Sie führte ihn an die Bar, die bis auf das gelangweilte, schmollende Mädchen hinter der auf Hochglanz polierten Theke verwaist war. »Ist in Ordnung, Sue«, meinte Jane. »Du kannst dich der tanzwütigen Meute anschließen. Der Admiral und ich werden den Laden hüten.«

»Danke, Miss Pentecoast.« Sue kam hinter dem kleinen abgeschrankten Bereich der Bar hervor und verschwand anmutig und rasch in Richtung des Salons. Jane übernahm ihren Platz.

»Ich bin gerne Barfrau«, erzählte sie dem Fähnrich und entnahm zwei eisüberzogene Gefäße dem Kühlschrank. »Als Barfrau darfst du mich duzen – und sonst natürlich auch.«

»Gut, dann gehen die auf meine Rechnung«, bot Grimes an.

»Nein, gehen sie nicht. Dies läuft unter der Rubrik Bewirtung von einflußreichen Kunden.«

»Bin ich aber nicht. Einflußreich, meine ich.«

»Wirst du aber mal sein. Ich seh es vor mir«, fuhr sie träumerisch fort. »Ich seh es genau vor mir. Da ist die arme alte *Delai O'Ryan*, noch klappriger als sie jetzt schon ist, und ihr armer alter Proviantmeister, die ein Schicksal schlimmer als der Tod in den Händen von blutrünstigen Piraten von der nächsten Galaxis erwartet . . . Aber alles ist noch nicht verloren. Dort, Lichtjahre entfernt, kommandiert der fette Großadmiral Grimes an Bord seines Flaggschiffs, der sich fast den Arm ausreißt, ganz zu schweigen von seinem Mannschenn-

Antrieb, um zur Rettung seiner einstmaligen Freundin zu eilen. ›Verdammter Mist‹ höre ich ihn in seinen Bart grummeln. ›Verdammter Mist. Dieses Mädchen gab mir freie Drinks als ich ein rotznäsiger Fähnrich war. Das darf nicht vergessen werden. Volle Kraft voraus, Gridley, und, zum Teufel mit den Torpedos!‹«

Grimes lachte – und fragte dann schärfer als beabsichtigt: »Admiral in wessen Diensten?«

»Was meinst du damit, John?« Sie schaute ihn wachsam an.

»*Du* weißt, was ich meine.«

»Aha . . .«, murmelte sie. »Aha . . . Ich ahnte, daß du wieder eine Unterredung mit dem Bärtigen Bastard hattest. Ich kann mir denken, worüber ihr gesprochen habt.«

»Und, stimmt es?« verlangte Grimes zu wissen.

»Bin ich Olga Popovsky, die schöne Spionin? Meinst du das?«

»Mehr oder weniger, ja.«

»Ach komm, John. Wie kann ich eine Geheimagentin für eine nicht existierende Regierung sein?«

»Du kannst eine Geheimagentin für eine Umsturzbewegung sein.«

»Was soll das? Ist das ein Überbleibsel eines halb durchdachten und halb verstandenen Kurses in Spionageabwehr?«

»Es gab einen solchen Kurs«, gestand er. »Ich habe mich nicht sehr dafür interessiert. Damals.«

»Und jetzt wünschst du, du hättest dich etwas mehr dafür interessiert. Armer John.«

»Spionage hat der Alte dir nicht vorgeworfen. Er hatte eine vage Vorstellung von dir als Werbeoffizier, der die Offiziere von den Schiffen der Kommission zu diesem schäbigen kleinen Haufen von Trampschiffen lockt, die sich selbst die Sundowner-Linie nennen . . .«

Sie schien ihm nicht zuzuhören, sondern lauschte stattdessen hingebungsvoll der Musik, die vom Salon herüberwehte. Es war eine der alten Melodien des Zwanzigsten Jahrhunderts, die gerade wieder in Mode kamen. Sie begann, im Takt mitzusingen.

»Adieu, ich geh
Zu anderen Sonnen.
Die Herzen,
Die ich liebgewonnen,
Laß ich hinter mir zurück
Und suche mir ein neues Glück . . .«

Sie lächelte wehmütig und sagte: »Beantwortet das deine Fragen?«

»Antworte nicht in Rätseln«, gab er barsch zurück.

»Rätsel? Vielleicht – aber nicht sehr schwierige. Das, John, ist eine Art Abschiedslied aus einer sehr alten Operette. Wenn ich mich recht erinnere, will der Mann, der es singt, alle Brücken hinter sich abbrechen und der französischen Fremdenlegion beitreten. (Aber es gibt keine Fremdenlegion mehr . . .) Draußen auf den Randwelten haben wir ihm unsere eigenen Worte gegeben. Für die Besatzung unserer Schiffe ist es schon fast zu einer Nationalhymne geworden.

Es gibt keine Fremdenlegion mehr – aber die Eigenbrötler und Gescheiterten müssen irgendwo hingehen können. Ich habe niemanden von dieser Marine fortgelockt – aber hin und wieder war ich mit Offizieren auf demselben Schiff, die kurz davorstanden, ihren Dienst zu quittieren oder entlassen zu werden, und wenn sie sich bei mir ausweinten, habe ich ihnen einen Rat gegeben. Natürlich habe ich eine gewisse Vorliebe für meine Heimatwelt. Wenn ich auf einem der Planeten des Sirius geboren wäre, würde ich Lobeshymnen auf die Dog-Star-Linie singen.«

»Trotzdem«, bohrte er weiter, »scheint dein Verhalten irgendwie verdächtig gewesen zu sein.«

»War es das? Und weshalb? Zunächst mal bist *du* gar kein Offizier der Handelsmarine. Und selbst wenn du es wärest, möchte ich erst mal den Passus in den Dienstvorschriften der Kommission sehen, der es mir verbietet, mich so zu verhalten, wie ich es getan habe.«

»Kapitän Craven hat mich gewarnt«, sagte Grimes.

»So, hat er das? Das steht in seinem Belieben. Ich vermute,

daß er es sogar für seine Pflicht hält. Ich nehme an, er ist von der fixen Idee besessen, daß ich dir den Admiralsrang in der Kriegsmarine der Randwelten versprochen habe, sobald wir uns von der Föderation getrennt haben. *Wenn* wir unsere eigene Kriegsmarine hätten – doch wir haben keine – würden wir dich vielleicht als Fähnrich nehmen. Auf Probezeit.«

»Danke sehr.«

Sie stützte ihre Ellbogen auf die Theke, nahm ihr Gesicht in die Hände und vermittelte auf diese Weise irgendwie die Illusion der Schwerkraft. Sie blickte zu ihm auf. »Ich bin ehrlich zu dir, John. Ich gebe zu, daß wir in unserer Handelsflotte die Hoffnungslosen, die Trinker und die Ruhelosen aufnehmen. Ich weiß besser als du, was für ein Riesenunterschied zwischen diesen Rosteimern und den gut gebauten und gut gewarteten Schiffen der Kommission besteht, von den Trans-Galaxis-Klippern und der Königlichen Post von Waverley ganz zu schweigen. Aber wenn wir tatsächlich eine Kriegsmarine aufbauen, werden unsere Besatzungen aus einem anderen Holz geschnitzt sein. Wir werden hochqualifizierte Offiziere brauchen, die dennoch das Flair der Randwelten haben. Der erste Schub wird natürlich aus Außenseitern bestehen müssen, um uns über die Anfangszeit zu bringen, bis unser Trainingsprogramm richtig angelaufen ist.«

»Und dafür bin ich nicht geeignet?« fragte er steif.

»Offen gestanden, nein. Ich habe dich beobachtet. Du klebst zu sehr an den Richtlinien und Vorschriften, besonders an den Überflüssigen. Schau doch nur mal, was du jetzt trägst. Abendkleidung, zivil, angehende Offiziere, zur Verwendung von, Keine Individualität. Genausogut könntest du Uniform tragen. Wäre sogar besser. Dann würde wenigstens ein bißchen Glanz an dir strahlen.«

»Mach weiter.«

»Schon die Art, wie du dich in Gegenwart von Frauen verhältst. Steif. Korrekt. Man riecht förmlich den gestärkten Hemdkragen. Und du bist dir nur zu genau der Tatsache bewußt, daß selbst ich, ein einfacher Handelsoffizier, dazu noch im Versorgungsdienst, mehr Lametta habe als du. Ich habe das besonders beim Tanzen bemerkt. Ich mußte die ganze Zeit über führen.«

»Ich bin kein guter Tänzer«, verteidigte er sich.

»Das kannst du ruhig noch mal sagen.« Sie lächelte kurz. »Jetzt weißt du es also, John. Wenn du den Bärtigen Bastard wiedersiehst, kannst du ihm ausrichten, daß du vor meinen Ränken ziemlich sicher bist. Ich bin davon überzeugt, daß du es im Überwachungsdienst ziemlich weit bringen wirst – aber du bist nicht aus dem Holz geschnitzt, das wir auf den Randwelten brauchen.«

»Ich hätte mich nicht sehr geschmeichelt fühlen dürfen, wenn du mir das Gegenteil gesagt hättest«, gab er ihr grob zur Antwort –, aber er wußte, daß er log.

»Ja«, sagte Jane. »Ja, was ist, Mr. Letourneau?«

Grimes bemerkte, daß sie ihn nicht anschaute, sondern ihren Blick auf einen Neuankömmling hinter ihm gerichtet hatte. Er wandte sich um, um zu sehen, wer es war. Er entdeckte – irgendwie hatte er sich den Namen nicht gemerkt – daß es der Psionische Funkoffizier war, ein großer, bleicher, schlacksig gebauter Mann in einer schludrigen Uniform. Er sah erschrocken aus – aber das war sein üblicher Gesichtsausdruck, rief Grimes sich ins Gedächtnis zurück. Diese trainierten Telepathen mit ihrem Diplom vom Rhine-Institut waren eine komische Sippschaft, sie waren nicht beliebt, aber sie stellten die einzige Möglichkeit dar, mit deren Hilfe die Schiffe mit den Küstenstationen über Lichtjahre hinweg sofort Verbindung aufnehmen konnten. Im Überwachungsdienst bezeichnete man sie abschätzig als Kaffeesatz-Leser mit Patent. Sowohl im Überwachungsdienst als auch im Handelsdienst wurden sie auch Schnüffler genannt. Aber sie waren ein sehr notwendiges Übel.

»Ja, Mr. Letourneau?«

»Wo ist der Alte? Er ist nicht in seiner Unterkunft.«

»Der Kapitän« – Jane betonte den Titel – »hält sich im Salon auf.« Dann fügte sie ein wenig bösartig hinzu: »Hätten Sie das nicht mit Ihrer Kristallkugel herausfinden können?«

Letourneau errötete. »Sie wissen sehr gut, Miss Pentecoast, daß wir einen Eid darauf ablegen, die Privatsphäre der Gedanken unserer Schiffskameraden immer zu respektieren ... Aber ich muß ihn finden. Schnell.«

»Gehen Sie selbst zu ihm. Er amüsiert sich da drinnen.« Als er gegangen war, sagte sie: »Typisch. Einfach typisch. Wenn es ein echter Notfall wäre, könnte er B. B. über die Bordsprechanlage rufen. Aber nein, er doch nicht. Er muß sein Mißtrauen allem Elektronischen gegenüber zur Schau stellen und gleichzeitig jedem beweisen, daß er seinen unverletzlichen Eid nicht bricht ... Erzähl mir, wie geht ihr mit euren Espern um?«

Er lächelte. »Wir haben den Vorteil, daß es bei uns ein Kriegsgericht, gefolgt von einem Exekutionskommando, gibt. Freilich habe ich es noch nie in Aktion erlebt.«

»Schlecht möglich, wenn man bedenkt, daß du kaum eine Hundewache lang im Weltraum bist.« Ihr Gesicht erstarrte plötzlich. »Was ist, Sue?« Es war das Mädchen, das Jane an der Bar abgelöst hatte. »Miss Pentecoast, würden Sie sich bitte beim Kapitän auf der Brücke melden. Sofort.«

»Was habe ich jetzt verbrochen?«

»Es ist eine Art Notfall, Miss Pentecoast. Der Erste Offizier ist bei ihm oben, und er hat nach dem Doktor und dem Chefingenieur geschickt.«

»Dann muß ich gehen, John. Kümmere dich bitte wieder um die Bar, Sue. Gib dem Admiral nicht zu viele freie Drinks.«

Sie bewegte sich schnell und anmutig und war verschwunden, bevor Grimes eine passende Antwort eingefallen war. »Was geht hier vor, Sue?« fragte er das Mädchen.

»Ich weiß nicht, Ad-« Sie errötete. »Entschuldigen Sie, Fähnrich. Aber ich darf nicht mit Passagieren darüber sprechen.«

»Aber ich bin kein gewöhnlicher Passagier«, widersprach er – und er fragte sich selbst: *Bin ich überhaupt etwas?*

»Nein, das sind Sie wohl nicht, Mr. Grimes. Aber Sie sind im Dienst.«

»Ein Offizier des Überwachungsdienstes ist *immer* im Dienst«, belehrte er sie mit einigermaßen reinem Gewissen. »Was auch immer auf den Raumfahrtslinien geschieht, geht uns an.« Das klang wirklich gut.

»Ja«, stimmte sie ihm zögernd zu. »Das erzählt mir mein Verlobter – er ist Oberleutnant – auch immer.«

»Worum dreht sich also der ganze Wirbel?«

»Versprechen Sie mir, es niemandem zu sagen.«

»Selbstverständlich.«

»Mr. Letourneau kam in den Salon stolziert. Er stand einfach da und schaute sich um, wie er das immer tut, dann entdeckte er den Kapitän. Er tanzte zufällig gerade mit mir ...« Sie lächelte in der Erinnerung und fügte hinzu: »Er ist ein sehr guter Tänzer.«

»Das kann ich mir denken. Aber fahren Sie fort.«

»Er schoß über die Tanzfläche auf uns zu – Mr. Letourneau meine ich. Er scherte sich nicht darum, auf wessen Zehen er trat, oder wen er niederwalzte. Mir blieb gar nichts anderes übrig als zuzuhören, als er auf den Kapitän einredete. Es handelt sich um einen Notruf. Von einem unserer Schiffe – der *Epsilon Sextans.*« Ihre Stimme sank zu einem Flüstern ab. »Es geht um Piraterie.«

»Piraterie? Unmöglich.«

»Aber Mr. Grimes, das hat er wörtlich gesagt.«

»Es wäre nicht das erstemal, daß ein Psionischer Funkoffizier durchdreht und falsche Alarmrufe sendet. Oder gar nicht gesendete auffängt«, sagte Grimes.

»Aber die *Sexy Eppy* – Entschuldigung, die Epsilon Sextans – hat eine Ladung, die als Beute lohnen würde. Die erste große Sendung Antigeriatridin nach Waverley ...«

Antigeriatridin, das sogenannte Unsterblichkeits-Serum. Es wurde in begrenzten, aber steigenden Mengen nur auf Marina (von den Kolonisten auch oft Submarina genannt) hergestellt, einer kalten, unfreundlich wässerigen Welt, die in einem Orbit um Alpha Crucis lief. Die fischähnlichen Tiere, von denen die Droge gewonnen wurde, brüteten und gediehen nur in den Meeren ihrer eigenen Welt.

Doch Piraterie . . .

Aber waren die alten Legenden nicht voll von Geschichten über Menschen, die ihre Seele für die ewige Jugend verschacherten?

Das Telefon hinter der Bar schrillte dazwischen. Sue nahm ab. »Für Sie, Mr. Grimes.«

Grimes nahm den Hörer. »Sind Sie's Fähnrich?« Es war die Stimme von Captain Craven. »Dachte mir, daß ich Sie dort finden würde. Kommen Sie auf die Brücke, ja?« Es klang mehr wie ein Befehl als wie eine Bitte.

Auf der Brücke befanden sich alle Schiffsoffiziere sowie der Doktor, der Proviantmeister und die zwei Chefingenieure. Als Grimes aus der Luke auftauchte, hörte er Kennedy, den Maat, sagen: »Da kommt der Fähnrich.«

»Gut. Schließen Sie die Luke, Mr. Kennedy, damit wir nicht gestört werden.« Craven wandte sich an Grimes. »Sie sind im aktiven Dienst des Überwachungsdienstes, Mister, also haben Sie wohl ein Anrecht darauf zu erfahren, was los ist. Die Situation ist folgende. Die *Epsilon Sextans*, auf dem Weg von Marina nach Waverley mit einer Ladung Antigeriatridin, wurde von Piraten überfallen.« Grimes mußte sich mit einer echten Anstrengung zurückhalten, ›Ich weiß‹ zu sagen. Craven fuhr fort. »Ihr Esper befindet sich unter den Überlebenden. Er sagt, daß die Piraten zwei Fregatten der Kriegsmarine von Waldegren waren. Wie dem auch sei, die Ingenieure des Interstellar-Antriebs spielten ein wenig mit ihrer Trickkiste und sie entkamen. Aber nicht in einem Stück . . .«

»Nicht in einem Stück?« wiederholte Grimes dümmlich.

»Was zum Teufel erwarten Sie, wenn ein unbewaffnetes Handelsschiff ohne Vorwarnung von zwei Kriegsschiffen beschossen wird? Der Esper sagt, daß ihre Brücke und alle Unterkünfte im Eimer sind. Durch irgendein Wunder wurden die Bude des Psionischen Funkoffiziers und der Mannschenn-Maschinenraum nicht getroffen.«

»Aber selbst eine einzige Rakete . . .«, murmelte Grimes.

»Wenn man ein Schiff und seine Ladung erbeuten möchte«, bellte der Kapitän, »verwendet man doch keine Raketen. Man nimmt Laser. Es ist eine ideale Waffe, wenn sie sich einen Dreck darum scheren, wie viele Leute sie umbringen.«

»Wenn man die Waldegreneser so kennt wie *wir*, hätte es ohnehin keine Überlebenden gegeben«, warf Jane Pentecoast bitter ein.

»Halten Sie die Klappe!« brüllte Craven. Grimes war durch diesen Temperamentsausbruch verwirrt. Er konnte natürlich nicht erwarten, daß ein Kapitän die Nachricht von einem brutalen Überfall mit Gelassenheit aufnehmen würde – aber Craven war ein Reserveoffizier, hatte auf Kriegsschiffen gedient und war für seine Tapferkeit im Kampf hoch dekoriert worden.

Craven hatte sich wieder unter Kontrolle. »Die Situation ist folgende. Auf der *Epsilon Sextans* gibt es Überlebende. Obwohl alle Navigationsoffiziere getötet wurden, glaube ich, daß wir sie rechtzeitig finden können. Außerdem hat sie eine sehr wertvolle Ladung an Bord und kann deshalb nicht völlig abgeschrieben werden. Es gibt nur wenige Schäden, die nicht mit ein paar aufgeschweißten Metallstücken repariert werden können. Ich habe bereits eine Nachricht ans Hauptquartier durchgegeben, in der ich mir freie Hand erbeten habe. Ich denke an eine Bergung des Schiffes. Ich sehe keinen Grund dafür, weshalb das Schiff und seine Ladung nicht nach Waverley gebracht werden sollten.«

»Ein Prisenkommando, Sir?«

»Wenn Sie es so ausdrücken wollen. Das bedeutet, daß die Zahl der Offiziere auf meinem eigenen Schiff verringert werden muß – aber ich bin mir sicher, Mr. Grimes, daß Sie gern einige praktische Erfahrungen im Wachdienst sammeln wollen. Alles, was Sie tun müssen, ist, ihre Unterschrift unter das Schiffsabkommen zu setzen.«

»Danke sehr, Sir.«

»Danken Sie nicht mir. Ich werde vielleicht Ihnen danken, bevor wir diese Aufgabe beendet haben.« Er wandte sich an seinen Ersten Offizier. »Mr. Kennedy, bleiben Sie mit Mr. Letourneau in Kontakt und lassen Sie es mich wissen, wenn etwas von der Epsilon Sextans oder vom Hauptquartier durchkommt. Die anderen behalten diese Unterredung für sich. Es ist unnötig, die Passagiere zu beunruhigen. Ich bin überzeugt, daß der Doktor und Miss Pentecoast eine beruhigende Geschichte aushecken können, um diese Offizierskonferenz zu erklären.«

»Captain Craven«, sagte Jane Pentecoast.

»Ja?«

»Es handelt sich um den anderen Mann an meinem Tisch. Ich kenne ihn von den Randwelten her. Er hat ein Patent als Chefingenieur des Reaktions-Antriebs.«

»Erzählen Sie ihm noch nichts. Aber ich werde ihn mir merken. Mr. Grimes, würden Sie mir bitte in meine Tageskabine folgen?«

9

Die Hologramme waren vom Schott der Kabine Cravens verschwunden. An ihrer Stelle hing ein einziges Bild – das einer Frau; sie war nicht mehr jung, aber ihre Gesichtszüge waren von Alter und Zeit unverändert. Sie trug Uniform, und auf ihren Schulterklappen blitzten die zweieinhalb Streifen eines Ersten Proviantmeisters. Der Kapitän bemerkte Grimes' interessierten Blick und sagte knapp und verbittert: »Sie hatte für ein Schiff der Epsilon-Klasse einen zu hohen Rang – aber sie brach ihren Landurlaub ab, nur um für den erkrankten Proviantmeister einzuspringen. Sie wäre jedoch gleichzeitig mit mir auf der Erde zurück gewesen. Dort wollten wir heiraten . . .«

Grimes entgegnete nichts. *Einen zu hohen Rang für ein*

Schiff der Epsilon-Klasse, dachte Grimes. *Zum Beispiel für die Epsilon Sextans.* Was konnte er sagen?

»Soviel zu diesem Thema«, sagte Craven brutal.

»Es tut mir leid, Sir«, platzte Grimes heraus; er war sich der Unzulänglichkeit seiner Worte bewußt. Dann setzte er unklugerweise hinzu: »Aber es gibt Überlebende, Sir.«

»Glauben Sie denn, ich hätte Letourneau nicht seinen Kollegen fragen lassen? Und haben *Sie* schon mal die Überreste einer Weltraumschlacht gesehen? Sind Sie schon mal auf einem Schiff gewesen, das von Lasern aufgeschlitzt und durchbohrt wurde?« Er schien keine Antwort zu erwarten; er ließ sich in seinem Schreibtischstuhl nieder und forderte Grimes auf, sich zu setzen. Dann zog er aus einer Schublade ein Blatt Papier, das er entfaltete. Es war eine Ladungsliste. »Von unserer augenblicklichen Reise«, brummte er. »Wir bringen mehr nach Lindisfarne als einen brandneuen Fähnrich.«

»Zum Beispiel, Sir?«

»Nachschub für die Kriegsmarine. Ich gebe gern zu, daß ich trotz meines Reserveranges mehr als nicht ganz auf dem laufenden bin, was die üblichen Verfahrensweisen des Überwachungsdienstes angeht. Sie sind mit diesen Abkürzungen vertrauter als ich. Zwanzig Kisten RERAT zum Beispiel . . .«

»Reserverationen, Sir. Eingedost und dehydriert.«

»Schön. Und SARE?«

»Sauerstoff-Regenerations-Einheiten, komplett.«

»Wenn die ›Farm‹ der *Epsilon Sextans* also zerstört wurde, können wir es damit trotzdem schaffen.«

»Jawohl, Sir.«

»Glauben Sie, Sie können eine solche Einheit installieren?«

»Selbstverständlich, Sir. Wie Sie wissen, sind sie sehr einfach zu handhaben. Es handelt sich lediglich um synthetisches Chlorophyll und eine UV-Strahlenquelle. Außerdem liegt jedem Behälter eine vollständige Anleitung bei.«

»Und das hier? Doppel R, Nummer XV?«

»Anti-Raketen Raketen.«

»Und ALGS?«

»Anti-Laser Gas-Strahler.«

»Auf was die alles kommen. Diese ASR kommen mir schon bekannter vor – obwohl sie jetzt schon bei Nummer XVII sind.«

»Anti-Schiffs Raketen«, erklärte Grimes. Ein wenig Begeisterung schlich sich in seine Stimme. »Die XVIIer sind einfach Spitze.«

»Wie wirken sie?«

»Tut mir leid, Sir. Obwohl Sie ein Reserveoffizier sind, darf ich es Ihnen nicht sagen.«

»Aber sind sie wirkungsvoll?«

»Ja. Sehr wirkungsvoll.«

»Sie wurden doch als Kanonier ausgebildet, Mr. Grimes, oder?«

»Jawohl, Sir.« Dann fügte er hastig hinzu: »Aber ich bin trotzdem sehr gut in der Lage, die Pflichten eines Wachoffiziers auf diesem Schiff zu übernehmen, wenn Sie mich brauchen.«

»Die Hauptsache ist, daß Sie sich mit Kriegsgerät auskennen. Wenn wir die *Epsilon Sextans* finden und an Bord gehen, werde ich gewisse Teile der Ladung auf das andere Schiff bringen lassen . . .«

»RERAT und SARE, Sir?«

»Ja. Und die anderen.«

»Aber, Sir, das kann ich nicht erlauben. Nicht, wenn ich keine Erlaubnis vom Flaggoffizier der Lindisfarne-Basis habe. Sobald Sie Mr. Letourneau entbehren können, werde ich ihn anweisen, mit der dortigen Station in Verbindung zu treten.«

»Ich fürchte, das wird nicht in Frage kommen, Mr. Grimes. Angesichts der spezifischen politischen Lage würde die Antwort meines Erachtens nach Nein lauten. Selbst wenn es ein Ja wäre, wissen Sie so gut wie ich, wie langsam die offiziellen Mühlen mahlen. Überdies bin *ich* hier der Kapitän, falls Ihnen das entfallen ist.«

»Und ich, Sir, repräsentiere den Überwachungsdienst. Als einziger Offizier des Überwachungsdienstes an Bord dieses Schiffes bin ich für die Ladung verantwortlich.«

»Als Reserveoffizier, Mr. Grimes, bin ich ranghöher als Sie.«

»Nur wenn Sie wieder in den aktiven Dienst übernommen werden, Sir.«

»Ich habe befürchtet, daß Sie diesen Standpunkt einnehmen würden«, gab Craven zu. »Deshalb beschloß ich, dieses Gespräch so schnell wie möglich hinter mich zu bringen, damit wir wissen, woran wir sind.« Er legte die Ladungsliste beiseite und drehte seinen Stuhl so, daß er den Getränkeschrank erreichen konnte. Er nahm zwei Gefäße heraus und warf Grimes eines zu. »Keinen Toast. Wenn wir auf Recht und Gesetz tränken, würden wir zwei verschiedene Dinge meinen. Also trinken Sie einfach. Und hören Sie zu.

Zunächst einmal weiß die *Epsilon Sextans* nicht, wo sie sich befindet. Aber Letourneau ist einer der wenigen Telepathen mit der seltenen Begabung, eine Richtung zu orten, und sobald er eine Verbindung hergestellt hat, werden wir den Kurs in Richtung des Wracks ändern. Das versucht er gerade.

Sobald wir sie gefunden haben, werden wir synchronisieren und natürlich an Bord gehen. Zuerst leisten wir den Überlebenden Hilfe. Dann werden wir das Schiff zusammenflicken. Und dann werden wir es bewaffnen. Und dann, mit einem Prisenkommando unter meiner Führung, bringen wir es auf den alten Kurs nach Waverley – in der Hoffnung, daß diese waldegrenesischen Fregatten es noch einmal versuchen.«

»Das würden sie nicht wagen, Sir.«

»Glauben Sie? Den eigentlichen Überfall werden sie dadurch von sich abzuwälzen versuchen, indem sie behaupten, daß er von *wirklichen* Piraten begangen wurde – nein, ganz stimmt das so nicht, aber Sie wissen, was ich meine –, die die Flagge von Waldegren trugen. Beim zweiten Überfall werden sie sicherstellen, daß es keine Überlebenden gibt.«

»Aber ich verstehe immer noch nicht, wie sie sich da rauswinden können. Man war sich doch immer darüber einig, daß der psionische Funk die Hauptwaffe gegen Piraterie ist.«

»Das war richtig – bis irgendein Genie eine Störtechnik entwickelt hat. Die *Epsilon Sextans* war nicht in der Lage, eine Nachricht zu senden, bis sie alles dem Zufallsgenerator überließ und abhaute.«

»Und Sie hoffen, Sir, daß sie Sie *wirklich* angreifen?«

»Ja, das tue ich, Mr. Grimes. Ich hoffe, daß ich dann einen guten Geschützoffizier unter mir habe, aber« – er zuckte mit seinen massigen Schultern – »ich glaube, daß ich auch so zurechtkomme.«

»Und Sie hoffen, daß Sie die Waffen bekommen«, hakte Grimes hartnäckig nach.

»Ich sehe keinen Grund, warum ich sie nicht bekommen sollte, Fähnrich.«

»Es gibt da einen sehr guten Grund, Sir. Und der ist, daß ich, ein Offizier des Überwachungsdienstes, an Bord ihres Schiffes bin. Ich bestehe darauf, daß Sie dic Verfolgung und Vernichtung der Piraten den dafür zuständigen Behörden überlassen. Weiter bestehe ich darauf, daß keine Güter des Überwachungsdienstes dieses Schiff ohne meine schriftliche Erlaubnis verlassen.«

Zum erstenmal hellte die Andeutung eines Lächelns das ernste Gesicht Cravens auf. »Kaum zu glauben, daß ich gedacht habe, Jane Pentecoast könnte *Sie* abwerben«, murmelte er. Dann fügte er lauter hinzu: »Und was ist, wenn ich ohne ihre schriftliche Erlaubnis operiere, Fähnrich?«

Grimes hatte die Antwort parat. »Dann, Sir, werde ich gezwungen sein, Ihren Offizieren zu befehlen, ihren rechtswidrigen Kommandos nicht zu gehorchen. Sollte es notwendig sein, werde ich die männlichen Passagiere auffordern, mir bei jeder nötigen Handlung Hilfe zu leisten.«

Cravens buschige Augenbrauen zuckten nach oben. »Mr. Grimes«, preßte er zwischen den Zähnen hervor, »es ist wirklich gut, daß ich aus eigener Erfahrung die typische Mentalität von Angehörigen des Überwachungsdienstes kenne. Einige mir bekannte Kapitäne würden Sie unter diesen Umständen auf einen Weltraumspaziergang ohne Anzug schikken. Bevor ich jedoch drastische Maßnahmen ergreife, gebe ich Ihnen noch eine Chance zur Mitarbeit.« Sein Ton wurde sanfter. »Sie haben das Portrait bemerkt, das ich anstelle meiner zeitweiligen Freundinnen aufgehängt habe. Jeder Mann, ganz gleich, wieviel er auch herumspielt, hat eine Frau, die *die* Frau für ihn ist. Gilian war *die* Frau für mich – *ist* die Frau für mich. Ich habe eine Chance, ihre Mörder vor meine Kanonen zu bringen – und bei Gott, diese Chance lasse ich mir nicht entgehen, und es ist mir egal, was sie für meine Karriere oder für die etwas merkwürdige Außenpolitik der Föderation bedeutet. Früher haben mich Jane Pentecoasts Ausbrüche bei diesem Thema immer gestört – aber jetzt verstehe ich, daß sie recht hat. Und sie hat auch recht, was das Zögern des Überwachungsdienstes anbelangt, gegen Waldegren einzuschreiten. Deshalb, Mr. Grimes, schreite ich ein.«

»Sir, ich verbiete Ihnen . . .«

»*Sie* verbieten *mir*? Fähnrich, Sie vergessen sich. Vielleicht hilft Ihnen das, sich zu erinnern.«

Dies war eine Minetti-Automatik, die plötzlich drohend in der Hand des Kapitäns lag. In seiner behaarten Faust sah die kleine, glänzende Waffe wie ein Spielzeug aus – aber Grimes kannte sich mit Feuerwaffen aus und wußte, daß beim geringsten Druck von Cravens Finger die nadelähnlichen Projektile ihn vom Scheitel bis zur Sohle durchbohren würden.

»Es tut mir leid, Mr. Grimes.« Während er dies sagte, drückte Craven mit seiner freien Hand auf einen Knopf, der in seinem Schreibtisch eingelassen war. »Es tut mir wirklich leid. Aber ich sehe ein, daß ich zuviel von Ihnen erwartet habe. Schließlich müssen Sie auf Ihre Karriere Rücksicht nehmen . . . Es gab einmal eine Zeit«, fuhr er fort, »als ein Offizier der Kriegsmarine mit seinem blinden Auge durch das Teleskop schauen konnte – und das hatte als Entschuldigung für das Nichtbeachten eines Befehls genügt. Aber die Politiker waren damals noch nicht so mächtig. Seit Nelson sind wir einen langen Weg gegangen – leider in eine Sackgasse.«

Grimes hörte, wie hinter ihm die Tür aufglitt. Er schaute sich gar nicht um, auch nicht, als sich starke Hände auf seine

Schultern legten.

»Mr. Kennedy«, sagte Craven, »die Dinge haben sich so entwickelt, wie ich es befürchtet habe. Würden Sie und Mr. Ludovic den Fähnrich bitte zur Arrestzelle begleiten?«

»Wir sehen uns bei einem Prozeß wegen Piraterie wieder, Kapitän!« brauste Grimes auf.

»Ein interessanter Rechtsfall, Fähnrich – besonders, weil Sie in meinem Logbuch als Meuterer eingetragen sind.«

10

Die Arrestzelle war nicht unbequem, aber deprimierend. Die Wände der Zelle waren gepolstert – die Passagiere von Raumschiffen waren für die gewalttätigeren Symptome des Wahnsinns anscheinend besonders anfällig – was die ohnehin zu vernachlässigende Heiterkeit, wenn auch nicht die Bequemlichkeit, vergessen machte. Grimes war jedoch nicht verrückt, und er wurde für fähig gehalten, für seine eigenen körperlichen Bedürfnisse zu sorgen. Die kleine Toilette stand ihm jederzeit offen, und in regelmäßigen Abständen erklang eine Glocke, und ein Behälter mit Essen erschien in der Durchreiche, die im Schott der Tageskabine eingelassen war. Es gab auch etwas zu lesen – aber was! Der Fähnrich hatte den Verdacht, daß Jane Pentecoast dafür verantwortlich war. Das Lesematerial bestand aus Pamphleten einer Organisation, die sich selbst die Sezessionisten Partei der Randwelten nannte. Die fast schon hysterischen Kampfaufrufe waren schlimm genug – aber die Schriften, die fast nur aus Statistiken bestanden, waren noch schlimmer. Wirtschaftswissenschaften war noch nie Grimes Stärke gewesen.

Er schlief, er aß zu den festgesetzten Zeiten, seine Körperpflege weitete er zu einem regelrechten Ritual aus, er versuchte zu lesen –, und die ganze Zeit über ließ er sich auf das Wagnis ein, die Manöver des Schiffes nur durch die Geräusche und seine Empfindungen nachzuvollziehen.

Schon ziemlich bald war der Mannschenn-Antrieb ausgeschaltet worden, und er empfand das vorübergehende Gefühl des Verlustes seines Zeitsinns. Dem war die Beschleunigungswarnung gefolgt – in der Polsterung der Zellenwände war ein Lautsprecher der Bordverständigung eingelassen –, und Grimes hatte sich auf seine Couch geschnallt, obwohl es in dieser Umgebung ziemlich sinnlos war. Er hörte, wie das Richtungsgyroskop anlief und spürte die Auswirkung der Zentrifugalkraft, als sich das Schiff in Richtung seines neuen Ziels drehte. Dann kam die Pseudo-Schwerkraft der Beschleunigung, begleitet vom gedämpften Donner des Reaktions-Antriebs. Es lag auf der Hand, daß Kapitän Craven seine Reaktionsmasse in einer Weise verbrauchte, die unter anderen Umständen leichtsinnig genannt worden wäre.

Plötzlich – Stille und Schwerelosigkeit, und fast unmittelbar danach das Sirren des Mannschenn-Antriebs. Der Ton war höher, viel höher als Grimes ihn in Erinnerung hatte, und das unwohle Gefühl der Verwirrung des Zeitsinns dauerte viel länger als sonst.

Und das war über lange Zeit alles.

Mahlzeiten kamen und wurden verspeist. Jeden Morgen – nach der Uhr – duschte der Gefangene und rieb sein Gesicht mit Enthaarungscreme ein. Er versuchte Gymnastik zu treiben – aber Gymnastik in einer gepolsterten Zelle ohne Geräte in schwerelosem Zustand ist kein leichtes Unterfangen. Er versuchte zu lesen – aber die ihm zur Verfügung stehende Literatur war nur wenig interessanter als ein Telefonbuch. Und obwohl er nie sehr gesellig gewesen war, störte ihn das Fehlen eines Gesprächspartners.

Als er feststellte, daß das Schiff ein neues Manöver begann, war es eine willkommene Abwechslung von der Eintönigkeit. Diesmal wurden die Richtungsgyroskope nicht verwendet; Raketengeräusche waren nicht zu hören, aber das Winseln des Antriebs veränderte sich, während der Zeitunterschied zwischen den beiden Schiffen auf Minuten, Sekunden und Mikrosekunden schrumpfte.

Dann waren sie synchron.

Das Schiff erbebte kurz – einmal, zweimal.

Grimes stellte sich die beiden Ankerraketen vor, eine vom Bug und eine vom Heck herkommend, jede mit einem kraftvollen Elektromagneten an der Spitze, jede ihre dünnen, aber enorm starken Kabel hinter sich herschleppend. Er wußte, daß Handelsschiffe diese Ausrüstung mit sich führten, aber im Gegensatz zu Kriegsschiffen führten sie dieses Manöver selten durch.

Als Reservist würde Craven diese Übung jedoch oftmals gesehen und an ihr teilgenommen haben.

Wieder erbebte das Schiff – schwerer als vorher.

Das Rendezvous hatte also stattgefunden. Die *Delta Orionis* und die *Epsilon Sextans* hatten ihre Antriebe synchronisiert, waren durch die Kabel des Rettungsschiffes miteinander verbunden und fielen nun als eine Einheit durch die schwarze Unendlichkeit.

Das Rendezvous hatte also stattgefunden – und schon wurden die Überlebenden aus dem Wrack an Bord der *Delia O'Ryan* gebracht, man half ihnen aus ihren stinkenden Raumanzügen, sie stammelten ihre Geschichte vor Craven und seinen Offizieren. Grimes hatte es fast so deutlich vor Augen, als wenn er ihnen wirklich zusehen würde. Er sah auch schon, wie die Ingenieure über das Wrack schwärmten, das Blitzen ihrer Schneid- und Schweißbrenner, das Ausschlachten aller unwesentlichen Metallverkleidungen des Schiffes, um Metallplatten für die Reparatur des Schiffsrumpfes zu bekommen. Das alles stand im Handbuch des Überwachungsdienstes für Schadensbehebung – und Kapitän Craven würde dieses Buch mindestens so genau kennen wie Grimes.

Und was geschah mit der Ladung, dem Eigentum des Überwachungsdienstes, *Grimes'* Eigentum? Ein Zittern des Schiffsrumpfes, ein kaum spürbares Erbeben, sagten ihm, daß Portalkräne und Förderbänder in Betrieb genommen wurden. Es würden keine großen Probleme bei dem Transport der Ladung auftauchen. Lindisfarne war der erste Anlaufhafen der *Delta Orionis*, und die Fracht für den Überwachungsdienst würde ganz oben im Laderaum sein. Grimes konnte nichts dagegen unternehmen – überhaupt nichts. Er begann sogar an der Rechtmäßigkeit seines entschlossenen Eintretens gegenüber dem Kapitän zu zweifeln. Er war der kleine Frosch in diesem Teich, und Craven hatte ihn sehr deutlich merken lassen, daß er hier der große Frosch war. Grimes wünschte, er würde sich besser auf Weltraumrecht verstehen – wenn ihm auch die Kenntnisse eines Rechtsanwaltes in dieser Situation nichts nützen würden.

Mit dem nebelhaften Gedanken, daß er seine ganze geistige und körperliche Kraft für das, was bald auf ihn zukommen sollte (aber *was*?), benötigen würde, schnallte er sich auf seiner Koje an und versuchte alles, um seine Sorgen im Schlaf zu vergessen. Er kannte sich mit dem Jargon der Psychologen gut genug aus, um zu wissen, daß dies nichts anderes als eine Rückkehr in den Mutterleib war, aber kurz bevor er in einen leichten Schlaf versank, zuckte er mit den Schultern und dachte: *Na und?*

Er schreckte auf und war hellwach.

Jane Pentecoast stand an seiner Koje und schaute auf ihn herab.

»Komm rein«, sagte er. »Brauchst nicht anzuklopfen. Jetzt siehst du, wie die Armen leben. Fühl dich wie zu Hause; du kannst auf den Boden spucken und der Katze auf den Schwanz treten.«

»Ich finde das nicht sehr lustig«, meinte sie.

»Ist es auch nicht. Selbst als ich es zum erstenmal auf diesem verdammten Schiff hörte, konnte ich mich bremsen, vor Lachen auf dem Bauch zu liegen.«

»Es gibt keinen Grund, so bissig zu sein, John.«

»So, gibt es nicht? Wärst du nicht auch bissig, wenn man dich in eine Gummizelle wirft?«

»Wahrscheinlich schon. Aber du hast es so gewollt, oder?«

»Wenn du darunter verstehst, daß ich meine Pflicht erfüllte, oder es zumindest versuchte, dann habe ich es wohl so gewollt. Na – hat unser Piratenkapitän mit seinen gestohlenen Waffen schon den Anker gelichtet?«

»Nein. Sie sind immer noch mit der Montage der Waffen beschäftigt. Aber streiten wir jetzt nicht um deine Vorschriften, John. Dafür ist nicht genug Zeit. Ich . . . Ich wollte mich nur verabschieden.«

»Verabschieden?« wiederholte er.

»Ja. Irgend jemand muß sich um das Essen an Bord der *Epsilon Sextans* kümmern; ich habe mich freiwillig gemeldet.«

»Du?«

»Warum zum Teufel sollte ich nicht?« brauste sie auf. »Kapitän Craven steht jetzt auf unserer Seite, und es wäre doch ein Armutszeugnis für uns Randweltler, wenn wir nicht bereit wären, ihm zu helfen. Baxter ist auf das Schiff übergewechselt und springt für den Ingenieur des Reaktions-Antriebs ein; der einzige Überlebende auf diesem Deck war der Vierte Ingenieur, und der ist kaum eine Hundewache lang im All.«

»Und wer sonst noch?«

»Niemand. Der Chefingenieur und der Zweite und Dritte Ingenieur des Interstellar-Antriebs haben überlebt und sind bereit, an Bord zu bleiben – nachdem ihr Schiff bewaffnet wurde, sind sie sogar ganz wild darauf. Auch der Psionische Funkoffizier kam durch und bleibt an Bord. Unsere Schiffsoffiziere haben sich natürlich alle freiwillig gemeldet, aber der Alte hat es ihnen nicht erlaubt. Er meinte, schließlich dürfe er dieses Schiff nicht gefährden, indem er das erfahrene Personal abzieht. Insbesondere deshalb nicht, weil wir Passagiere an Bord haben.«

»Das soll seine Sorge sein«, sagte Grimes. »Aber wie will er mit dem Schiff kämpfen, wenn diese Fregatten sich auf ihn stürzen?«

»Er glaubt, er kann es mit einer Fernbedienung der Waffen an seiner Hauptschalttafel schaffen.«

»Möglich«, gab Grimes mit wachsendem Interesse zu. »Wird aber nicht sehr gut funktionieren. In einem Gefecht hat der Kapitän, auch ohne sich noch um die Geschütze kümmern zu müssen, mit den Schiffsmanövern schon alle

Hände voll zu tun.«

»Du weißt das natürlich ganz genau.«

»Ja.«

»Natürlich, du hast die Bücher gelesen, während Kapitän Craven lediglich einen leichten Kreuzer bei dem Zwischenfall mit den Drings kommandierte, er versteht also gar nichts von der Sache.«

»Trotzdem hat er nicht vier Hände und zwei Köpfe.«

»Ach, hören wir doch mit diesem Krampf auf«, rief sie. »Ich werde dich wahrscheinlich nie wiedersehen, John, und ... und ... Oh, verdammt, ich wollte mich richtig verabschieden, und ich möchte nicht, daß du zu schlecht über den Alten denkst, oder ... über mich.«

»Was sollen wir also tun?«

»Grimes, du rotznasiges Raumbaby! Gib auf dich acht!« Sie beugte sich plötzlich über ihn, um ihm einen Kuß zu geben. Es sollte nur eine zarte Berührung der Lippen sein, aber Grimes war sich plötzlich ihrer Nähe bewußt, ihrer Wärme und ihres Duftes, und fast ohne sein Zutun schlangen sich seine Arme um sie und zogen sie noch näher. »Toujours gai, wie der Dichter sagt«, hörte er sie murmeln. Die Worte ergaben damals für ihn keinen Sinn, aber als er Jahre später die Dichter des Zwanzigsten Jahrhunderts kennenlernte, sollte er sich daran erinnern und das Zitat verstehen. Für ihn war im Augenblick viel wichtiger, daß auch sie ihre Arme um ihn gelegt hatte.

Irgendwie hatten sich die Knöpfe ihrer Uniformbluse geöffnet, und die Warzen ihrer nackten Brüste drückten steif auf Grimes entblößten Oberkörper. Irgendwie waren die Shorts von ihren Hüften geglitten – wer hatte den Reißverschluß geöffnet? Und wie? – und irgendwie war auch Grimes Kleidung nicht mehr das letzte Hindernis zwischen den beiden.

Weibliche Nacktheit war ihm nicht fremd; er gehörte zu der großen Mehrheit, die die Nacktbadeanlagen den Stränden vorzog, an denen Bekleidung Vorschrift war. Er wußte, wie eine nackte Frau aussah – aber das war ganz anders. Er küßte eine Frau nicht zum erstenmal – aber zum erstenmal hatte er eine Nackte geküßt, und der Kuß war erwidert worden. Zum erstenmal war er mit einer nackten Frau allein.

Er hatte oft genug darüber gelesen – und wie die meisten jungen Männer hatte er seinen Teil an Pornofilmen gesehen. Aber das war etwas anderes. Das hier geschah mit *ihm*.

Und zum erstenmal.

Als es vorbei war, als sie sich immer noch in den Armen lagen und gehalten von irgendeiner merkwürdigen Resultante der Kräfte, die auf das Schiff einwirkten, im Mittelpunkt der kleinen Kabine schwebten, rings um sie ihre abgelegte Kleidung und der Dunstschleier ihrer schweißnassen Körper, sträubte sich Grimes, sie freizugeben.

Behutsam versuchte Jane, sich zu lösen.

»Das war ein herzlicherer Abschied, als ich es beabsichtigt habe. Aber ich bereue es nicht. Nein. Ich bereue es nicht . . .«

Dann fügte sie kaum hörbar hinzu: »Das war für dich das erstemal, oder?«

»Ja.«

»Dann freut es mich um so mehr, daß es geschah. Aber das *ist* der Abschied.«

»Nein.«

»Sei kein Dummkopf, John. Du kannst mich nicht hierbehalten.«

»Aber ich kann dich begleiten.«

Sie stieß ihn zurück. Irgendwie landete er auf dem Bett. Bevor er abprallen konnte, schnallte er sich automatisch mit einem der Haltegurte um seine Hüften fest. Irgendwie gelang es ihr – sie trug immer noch Sandalen und sonst nichts –, auf dem Deck zu stehen, gehalten durch die Berührung ihrer Magnetsohlen und den Eisenfasern in dem gepolsterten Boden. Sie streckte ihren langen, graziösen Arm nach ihrer Bluse aus. »Ich ziehe mich jetzt an und verschwinde«, sagte sie schroff. »*Du* bleibst angeschnallt. Der Teufel soll dich dafür holen, Grimes, daß du gedacht hast, ich würde dich mit meinem Astralkörper an Bord der *Sexy Eppy* locken. Ich habe dir schon einmal gesagt, daß ich nicht, ich wiederhole, nicht Olga Popovsky, die schöne Spionin, bin. Und eine Hure bin ich auch nicht. Es gibt eine Sache, die ich auch dann nicht verkaufen würde, wenn man mir den besten Geschützoffizier (und der bist du nicht) der ganzen verdammten Galaxis als Bezahlung anbieten würde!«

»Du bist wunderschön, wenn du so wütend bist«, sagte Grimes ehrlich. »Aber du bist *immer* schön.« Dann fügte er lauter hinzu: »Jane, ich liebe dich.«

»Affenliebe«, höhnte sie. »Ich bin alt genug, um deine . . .« Der Anflug eines Lächelns milderte den harten Zug um ihren Mund. »Deine unverheiratete Tante zu sein.«

»Laß mich ausreden. Na schön, dann ist es eben nur Affenliebe – *deiner* Meinung nach. Aber trotzdem, es ist Liebe. Doch.« – er improvisierte, hoffentlich überzeugend – »doch der wirkliche Grund für meinen Wunsch, mit dir zu kommen, ist der, daß ich jetzt nachfühlen kann, was Kapitän Craven verloren hat, als die *Epsilon Sextans* überfallen wurde. Ich verstehe jetzt, warum er bereit ist, sein Leben und seine Karriere für seine Rache aufs Spiel zu setzen. Und ich glaube, das ist es auch wert. Ich möchte ihm helfen.«

Sie stand vor ihm, ihre Bluse noch halb geöffnet, und schaute ihn argwöhnisch an. »Meinst du das im Ernst? Meinst du das wirklich im Ernst?«

»Ja.«

»Dann bist du ein Lügner, Grimes.«

»Nein«, widersprach er. »Nein. Ich möchte dem Alten helfen – und ich möchte *dir* helfen. Dieser Überfall hat mich davon überzeugt, daß ihr Randweltler *wirklich* die Zeche für die Außenpolitik der Föderation zahlt. Ich bin vielleicht nicht der beste Geschützoffizier in der ganzen Galaxis, aber mit den neuen Waffen bin ich bestimmt vertrauter als Kapitän Craven.«

Sie machte keine Anstrengung, ihr spöttisch überlegenes Lächeln zu verbergen. »Zuerst waren's freundschaftliche Gefühle für einen anderen Raumfahrer, dann plötzlich Außenpolitik. Was folgt als nächstes?«

»Das, womit ich angefangen habe. Ich *liebe* dich, Jane.

Und wenn es zu einem Schußwechsel kommt, möchte ich zur Stelle sein, um dich zu verteidigen. Ich gebe zu, daß . . . daß das, was vorgefallen ist, meine Entscheidung beeinflußt hat. Aber du hast mich nicht gekauft oder bestochen. Glaube das nicht. Glaube nur das nicht.« Seine Stimme nahm einen bittenden Ton an. »Sieh es sachlich, Jane. Mit einem weiteren Offizier an Bord, besonders, wenn dieser Mann ein Geschützoffizier ist, habt ihr eine verdammt höhere Chance als ohne diesen Offizier.«

»Da hast du wohl recht. Trotzdem gefällt mir die Sache nicht.«

»Das muß sie dir auch nicht. Aber einem geschenkten Gaul schaut man nicht ins Maul.«

»Na schön. Du hast gewonnen. Zieh dich an und begleite mich zum Alten.«

11

Jane Pentecoast führte Grimes zu der Luftschleuse. Das Schiff schien ihm merkwürdig leer zu sein, und er machte eine Bemerkung darüber. Sie erklärte, daß die Passagiere aufgefordert worden waren, ihre Unterkünfte nicht zu verlassen, und daß der größte Teil der Besatzung der *Delta Orionis* mit Arbeiten an Bord der *Epsilon Sextans* beschäftigt war.

»Dann war ich also nicht der einzige, den man hinter Schloß und Riegel sperrte«, meinte Grimes ironisch.

»Aber du bist der einzige«, antwortete sie, »der für seine Haft entschädigt wurde.«

Darauf gab es keine Antwort, deshalb schwieg der Fähnrich. Schweigend betrachtete er den behelfsmäßigen Tunnel, der zwischen den Luftschleusen der zwei Schiffe montiert worden war. Die Lecks waren also abgedichtet und die Atmosphäre auf der *Epsilon Sextans* erneuert worden. Das bedeutete, daß die Montage der Waffen abgeschlossen war. Er hoffte, daß er nicht auf Veränderungen bestehen mußte.

Das Wrack – obwohl es eigentlich kein Wrack mehr war – zeigte deutliche Wunden. Die größten Schäden waren behoben worden, aber die Löcher und Kratzer, die die eigentliche Stabilität nicht gefährdeten, waren unberührt geblieben. Spritzer geschmolzenen Metalls zeichneten noch immer ein unsinniges Muster auf die Streben, Spanten, Stützen und Schotte. Er sah die Narben, die Cravens Ingenieure hinterlassen hatten – leuchtende Schweißnähte, die über den ganzen Rumpf liefen.

Sie bahnten sich ihren Weg von Deck zu Deck. Der Aufzug im Axialschacht des Schiffes war noch nicht wieder in Betrieb, was Grimes die Zeit und die Gelegenheit gab, sich ein Bild von dem Ausmaß der Schäden zu verschaffen. Sie kamen an den Überresten der »Farm« vorbei. Die Algentanks waren geborsten, in den beschädigten Behältern lagen Hefe- und Zellkulturen: schwarz, erfroren, dehydriert und tot. Hastig durchjagten sie Gänge voll brüchiger Farnwedel und Schlingpflanzen, die von der absoluten Kälte abgetötet worden waren.

Dann gingen sie durch die Decks mit den Unterkünften. Die Schotte waren zerfetzt worden und gaben nun den Blick auf die Privaträume frei, die sie vorher geschützt hatten. Doch nicht nur die Privaträume waren zerstört worden, sondern auch die Bewohner. Leichen waren nirgends mehr zu sehen; dafür war Grimes sehr dankbar. (Er erfuhr später, daß Cravens erste Handlung der Befehl zu einem Trauergottesdienst gewesen war.) Leichen waren nicht mehr zu sehen – aber ihre Spuren. Männer und Frauen sterben schnell im absoluten Vakuum – schnell und schmutzig.

Kapitän Craven war allein auf der Brücke. Er arbeitete ziemlich langsam und ungeschickt am Verdrahten einer offensichtlich behelfsmäßigen Schalttafel, die zusätzlich zur ursprünglichen vor dem Beschleunigungssitz des Kapitäns angebracht worden war. Es war nicht schwer zu erraten, daß es die Fernbedienung für die neu eingebauten Waffen sein mußte.

»Das brauchen Sie nicht mehr, Sir«, sagte Grimes schnell.

Craven schreckte zusammen, ließ seinen Schraubenzieher los und griff ein paarmal daneben, während das Werkzeug von ihm wegschwebte. Er starrte Grimes an und knurrte dann: »Ach, Sie sind das also.« Dann sagte er, zu Jane gewandt: »Was haben Sie sich zum Teufel dabei gedacht, als Sie das Jüngelchen aus seinem Zwinger ließen?«

»Kapitän Craven«, antwortete sie leise, »Mr. Grimes möchte mit uns kommen.«

»*Was*? Ich warne Sie, Miss Pentecoast, ich bin nicht in der Stimmung für dumme Witze.«

»Das ist kein dummer Witz, Kapitän«, sagte Grimes. »Ich habe Zeit gehabt, mir die Sache zu überlegen. Ich bin der ehrlichen Überzeugung, daß Sie eine wesentlich höhere Chance haben, wenn sich ein qualifizierter Offizier um die Geschütze kümmert.«

Craven schaute sie an, sein Blick wanderte von der Frau zu Grimes und wieder zurück. »Fähnrich, habe ich Sie nicht gewarnt?«

»Das hat damit nichts zu tun«, sagte Grimes errötend. »Miss Pentecoast hat sogar versucht, es mir auszureden.«

»*Oh*?«

»Das stimmt«, bestätigte Jane. »Aber er hat mir gesagt, daß wir es uns nicht leisten können, einem geschenkten Gaul ins Maul zu schauen.«

»Ich weiß nicht, was da zwischen euch beiden vorgefallen ist«, krächzte Craven. »Und ich will es auch gar nicht wissen. Diese Meinungsänderung, diese Gesinnungsänderung kommt ziemlich – plötzlich. Aber das spielt keine Rolle. Ein Freiwilliger, sagt man, ist mehr wert als zehn gezwungene Männer.« Er starrte den Fähnrich kühl an. »Und Sie melden sich als Freiwilliger?«

»Ja, Kapitän.«

»Ich glaube Ihnen. Ich habe gar keine andere Wahl. Aber Sie sind sich der Konsequenzen bewußt?«

»Ja, das bin ich.«

»Nun, *vielleicht* kann ich diese Konsequenzen etwas abmildern. Bevor ich das Schiff Kapitän Kennedy übergebe, habe ich noch meine letzten Eintragungen in das Logbuch der *Delta Orionis* zu machen. Wenn es um solche Dokumente geht, wagt niemand, den Kapitän einen Lügner zu nennen. Zumindest nicht laut.« Er hielt inne und dachte nach. »Wie klingt das, Miss Pentecoast? Datum, Zeit, Position, etc. etc. Mr. John Grimes, Passagier im Rang eines Fähnrichs des Überwachungsdienstes der Föderation, mit Gewaltanwendung von diesem Schiff auf die *Epsilon Sextans* gebracht, um dort die Montage und den Einbau der Bewaffnung zu überwachen. Die Waffen sind Eigentum des Überwachungsdienstes und wurden auf meinen Befehl hin von Laderaum 1 entfernt. Fernerhin soll besagter John Grimes eine beratende Funktion bei der eventuellen Verwendung derselben in einem Kampf ausüben. Unterschrift, etc. etc. und von Zeugen beglaubigt.«

»Ziemlich langatmig, Sir. Scheint jedoch alles abzudekken.«

»Aber ich will mehr als nur beraten«, widersprach Grimes.

»Seien Sie still. Oder wenn Sie das unbedingt sagen müssen, versichern Sie sich wenigstens, daß keine Zeugen zugegen sind. Bleiben wir jetzt einmal bei der Überwachung des Einbaus der Waffen. Sie sehen ja, was ich versuchen möchte. Wird das funktionieren?«

»Schlecht und recht, Sir. Es wird jedoch sehr viel besser funktionieren, wenn die Schalttafel für die Geschütze völlig von den Steuerkontrollen getrennt würde.«

»Glauben Sie nicht, daß ich beide zugleich bedienen könnte?«

»Sie *könnten* schon. Es wäre jedoch nicht sehr effektiv. Kein Humanoide könnte das. Was Sie da aufgebaut haben, könnte gut funktionieren, wenn wir Shaaras oder einer der vielarmigen Anthropoiden wären. Doch selbst die Shaaras erwarten von den Königin-Kapitänen ihrer Kriegsschiffe nicht, das Schiff und die Kanonen zugleich zu bedienen.«

»Sie sind der Fachmann. Ich möchte nur sicher sein, daß

Sie bereit sind, mit Ihren kleinen rosa Pfötchen auf dem Schaltbrett zu – ich zitiere – beraten.«

»Das ist genau die Art von Beratung, die ich mir vorgestellt habe.«

»Gut. Dann bauen Sie das Schaltbrett so ein, wie Sie es brauchen. Ich werde Ihnen wahrscheinlich bald einen Mechaniker zu Hilfe schicken können.«

»Bevor wir weitermachen, Sir, hätte ich gern die Waffen selbst gesehen. Nur für den Fall . . .«

»Nur für den Fall, daß ich irgendeinen phantastischen Krampf zusammengebaut habe, wie?« Craven war fast schon guter Laune. »Ist in Ordnung. Aber vertrödeln Sie keine Zeit. Wir müssen uns auf den Weg machen.«

»Ja«, sagte Jane, und es schien, als ob die abgelegte Ernsthaftigkeit des Kapitäns sie wie eine Wolke umhüllte. »Es ist Zeit.«

12

Zu der Zeit, als man die Unterscheidung zwischen Handelsschiffen und Kriegsschiffen noch nicht machte, wurden die Handelsschiffe so gebaut, daß sie eine beträchtliche Bewaffnung aufnehmen konnten. Heutzutage stellte der Einbau von Waffen in ein Handelsschiff Probleme dar. Nach seinem Besichtigungsgang mußte Grimes zugeben, daß Kapitän Craven geschickt den gesamten zur Verfügung stehenden Platz ausgenutzt hatte – aber Craven war ja auch ein sehr erfahrener Offizier mit einer langen Reihe von Dienstjahren auf Schiffen aller Klassen. Außerdem war unter den requirierten Geschützen des Überwachungsdienstes – vielleicht glücklicherweise – keine Kanone gewesen, so daß der Rückstoß kein Problem gewesen war.

Als er seinen Rundgang beendet hatte, ging Grimes zur Brücke zurück. Craven war noch dort, und bei ihm stand Jane Pentecoast. Es war offensichtlich, daß sie über etwas diskutiert hatten. Vielleicht hatten sie sich auch gestritten; das Gesicht der Frau war gerötet und sein Ausdruck mürrisch.

»Ja, was ist?« bellte der Kapitän.

»Sie haben gute Arbeit geleistet, Sir. Das Schiff ist kein Kreuzer, aber es sollte sich jetzt verteidigen können.«

»Danke sehr. Wir machen uns dann auf den Weg.«

»Nicht so schnell, Sir. Ich würde gern mein Schaltbrett ordentlich verkabeln, bevor wir abschieben.«

Craven lachte. »Dazu werden Sie Zeit haben, Mr. Grimes. Ich muß noch einige Pflichten an Bord der *Delta Orionis* erledigen. Aber machen Sie so schnell Sie können.«

Gefolgt von Jane Pentecoast verließ er den Raum. Über die Schulter gewandt, sagte sie: »Ich schicke dir Mr. Baxter als Hilfe herüber, John.«

Der Randweltler mußte ganz in der Nähe gewesen sein; es dauerte nur Sekunden, bis er mit bereits geöffneter Werkzeugtasche an seinem Gürtel an Grimes' Seite stand. Während der Arbeit – er half geschickt und selbständig, sobald er wußte, was verlangt wurde – redete er. »Mamma wollte mitkommen, aber daraus wird nichts. Ich war verdammt überrascht, *Sie* hier zu finden.«

»Waren Sie das?« fragte Grimes kühl.

»Darauf können Sie Ihr'n Arsch verwetten. Hätte nie gedacht, daß Sie mal ein Pirat werden.« Er fluchte kurz, als ein Spritzer heißen Metalls von seinem glühenden Lötkolben seine Hand traf. »Kaltpreßschweißen wär besser, aber das würde zu lange dauern. Wo war ich stehengeblieben? Ach, ja. Der Schock, als ich Sie an Bord dieser Rostlaube kommen sah.«

»Ich habe gute Gründe dafür«, sagte Grimes steif.

»Was Sie nich' sagen. Wie meine Frau gute Gründe dafür hatte, mich zu begleiten. Aber sie is' kein Geschützfachmann.« Fromm fügte er hinzu: »Gott sei Dank.«

»Aber ich bin einer«, sagte der Fähnrich und versuchte, dem Gespräch eine andere Richtung zu geben, bevor er seine Fassung verlor. »Ja, das ist richtig. Halten Sie sich einfach an den Farbkoden. Die blauen Drähte sind die ALGS . . .«

»Ich weiß«, meinte Baxter. »Sagen Sie mir, wird das was nützen?«

»Ja. Wenn ein Feind uns natürlich längere Zeit mit seinen Lasern bestreicht, werden wir hier drin alle gegrillt, aber sonst sind sie sehr wirksam.«

»Hoffentlich haben Sie recht.« Er stellte die letzte Verbindung her und befestigte das Schaltbrett auf dem offenen kleinen Kasten. »Hier haben Sie Ihre Zauberkiste, Professor. Jetzt müssen wir bloß noch abwarten, wieviel Kaninchen Sie aus dem Hut zaubern können.«

»Hoffentlich viele«, antwortete Craven, der auf die Brücke zurückgekehrt war. »Sind Sie jetzt fertig, Mr. Grimes?«

»Jawohl, Sir.«

»Gut. Dann begeben wir uns auf unsere Plätze. Wenn Sie bitte den Platz des Kopiloten einnehmen, während sich Mr. Baxter um seine Raketen kümmert.«

»Mach ich, Skipper«, sagte der Ingenieur, während er seine Werkzeuge verstaute und sich zu der Einstiegsluke zurückzog.

Die Bordverständigung des Schiffes erwachte zum Leben, und Jane Pentecoasts Stimme war zu hören: »Verbindung zwischen den beiden Schiffen gelöst. Luftschleuse geschlossen.«

»Wir sind noch immer verbunden«, murmelte Craven. »*Delia O' Ryan* hat ihre Magnetanker noch nicht gelöst.« In das Mikrofon sagte er: »*Epsilon Sextans* an *Delta Orionis*. Ablegen, bitte. Ende.«

»*Delta Orionis* an *Epsilon Sextans*. Wir legen ab.« Durch eine Sichtluke sah Grimes eines der glänzenden Ankerkabel in seiner Vertiefung verschwinden. »Alles klar, Kapitän.«

»Danke, *Kapitän* Kennedy.« Sanfter fügte er hinzu: »Ich hoffe, daß du diesen Titel behältst, Bill.«

»Danke, Sir. Alles Gute, Kapitän, von uns allen. Und Waidmannsheil.«

»Danke. Und passen Sie auf die alte *Delia* auf, Kapitän. Und auf sich selbst. Ende – und aus.«

»*Delta Orionis* an *Epsilon Sextans*. Ende und aus.«

(In diesem Wort ›aus‹ lag etwas Endgültiges, dachte Grimes.)

Die beiden Schiffe trieben langsam auseinander. Von seiner Sichtluke konnte er jetzt die *Delta Orionis* in ihrer ganzen Länge sehen. Er konnte nicht anders, als sich an den Tag zu erinnern, an dem er sie zum erstenmal auf dem Woomera-Raumhafen gesehen hatte. So viel war seit diesem Tag geschehen. (Und so viel würde noch geschehen – hoffte er.) Er hörte, wie Craven etwas in sein Mikrofon sprach. »Fertigmachen zur Zeitverschiebung. Wir desynchronisieren.«

Dann spürte er das Schwindelgefühl, und das schrille Heulen des Mannschenn-Antriebs durchbohrte schmerzhaft seine Trommelfelle. Hinter den Sichtluken schimmerten unheimlich die großen, leuchtenden Konturen des anderen Schiffes, das plötzlich von etwas wie einem riesigen Klein-Blitz eingehüllt war – und dann verschwand. Wo es gewesen war – wo es noch immer war, im Raum, aber nicht in der Zeit – leuchteten die fernen Sterne, die in diesem verzerrten Kontinuum als pulsierende Farbspiralen zu sehen waren.

»Mannschenn-Antrieb. *Aus*!«

Das dünne, hohe Winseln brach abrupt ab. Draußen standen die Sterne, nun wieder glitzernde Lichtpunkte, stechend hell vor dem schwarzen Hintergrund.

»Mr. Grimes!« Cravens Stimme war schneidend scharf. »Ich hoffe, Sie zeigen etwas mehr Interesse für die Geschütze, als Sie es für die Schiffsführung tun. Sollte es Ihnen entgangen sein, möchte ich Sie daran erinnern, daß Sie der stellvertretende Kommandant dieses Schiffes sind und im Falle meines Ablebens die Verantwortung übernehmen.«

»Entschuldigung, Sir«, stammelte Grimes. Dann setzte er, plötzlich verwegen geworden, hinzu: »Aber ich bin nicht Ihr Stellvertreter, Sir. Ich habe das Schiffsabkommen nicht unterschrieben.«

Zu seiner Überraschung lachte Craven. »Immer noch ein Paragraphenreiter! Nun, Mr. Grimes, sobald wir dieses Schiff auf Kurs gebracht haben, werden wir uns um die rechtlichen Formalitäten kümmern. Dürfte ich in der Zwischenzeit um Ihre geschätzte Aufmerksamkeit bitten?«

»Sie dürfen, Sir.«

Daraufhin schaute und hörte er dem Kapitän aufmerksam zu. Er bewunderte die Geschicklichkeit, mit der Craven das Schiff mit den Richtungsgyroskopen drehte, bis der rotglühende Zielstern genau im Mittelpunkt der Zielrichtung erschien. Ihm fiel auf, daß der Kapitän den Reaktions-Antrieb für längere Zeit und mit einer höheren Beschleunigung als sonst üblich benutzte, und er machte eine Bemerkung darüber. Er erhielt eine Antwort, und die Worte fielen langsam und schwer unter der Pseudo-Schwerkraft: »Man ... wird ... von ... uns ... erwarten, ... daß ... wir ... in ... Eile ... sindWir dürfen ... sie ... nicht ... enttäuschen.« Schnell wuchs die Geschwindigkeit – aber im Hinblick auf die zurückzulegenden interstellaren Entfernungen war sie nur wenig mehr als das Tempo einer Schnecke. Dann verstummte der Raketendonner –, und die plötzliche Stille fiel wie ein Schlag über sie. Das gellende Brüllen hatte aufgehört – aber im Schiff herrschte keine Stille. Das Winseln des Mannschenn-Antriebs durchdrang alle Räume des Schiffes und ließ jedes Bauteil vibrieren. Die *Epsilon Sextans* fiel, fiel durch Raum und Zeit, stürzte durch das verzerrte Kontinuum ihrem Rendezvous mit dem Tod entgegen ...

Wessen Tod?, fragte sich Grimes.

»Ich hätte früher fragen sollen, Sir. Aber wie werden ... wie werden *sie* uns finden?« sagte er.

»Ich weiß nicht«, sagte Craven. »Ich habe keine Ahnung. Aber sie haben andere Schiffe gefunden, wenn sie es wollten. Sie verwendeten nie den alten Trick der Piraten, an Auftauchpunkten auf der Lauer zu liegen. Vielleicht haben Sie einen Massen-Richtungsanzeiger. Theoretisch wäre so etwas möglich. Das wäre für ein Schiff unter Mannschenn-Antrieb dann das, was Radar für ein Schiff in der normalen Raum-Zeit ist. Oder vielleicht ein Peilgerät für das Zeitverzerrungsfeld? Das ist wohl wahrscheinlicher, denn das Schiff konnte entkommen, als sie auf den Zufallsgenerator umschalteten.

Wie auch immer, wenn sie uns finden wollen – und das wollen sie – dann werden sie uns auch finden. Und dann« – er musterte Grimes mit einem durchdringenden Blick seiner blauen Augen – »und dann kommt es auf Sie an, Fähnrich.«

»Es kommt auf uns alle an«, erwiderte Grimes.

13

Sie war unterbesetzt, diese *Epsilon Sextans,* aber sie funktionierte ziemlich gut. Craven selbst hielt Wache auf der Brücke, die anderen Wachoffiziere waren Grimes und Jane Pentecoast. Sie hatten vier Stunden Dienst und acht Stunden frei – aber während der Freizeit gab es genug Arbeiten, die erledigt werden mußten. Der Kapitän hatte natürlich den Oberbefehl und versuchte, sein Kommando mit der für ein Kriegsschiff notwendigen Effektivität auszuüben. Jane Pentecoast war für das Essen zuständig – obwohl sich diese Arbeit praktisch in dem Öffnen von Dosen erschöpfte, so daß sie dafür nicht viel Zeit benötigte. Sie hatte auch die Pflichten des Biochemikers übernommen, bat aber Grimes hin und wieder um seine Hilfe bei der SAR-Einheit. Die Bedienung war sehr einfach, aber das Gerät hatte seine Launen und erlaubte gelegentlich der Kohlendioxydkonzentration, eine gefährliche Höhe anzunehmen. Grimes' Hauptsorge galt der Bewaffnung. Er konnte sich keinen Probeschuß erlauben – die Abgabe von Masse aus einem Schiff unter Instellar-Antrieb ist selbstmörderisch; sogar die Benutzung einer Laserwaffe ist gefährlich. Es gab aber Tests, die er durchführen konnte; in den Laderäumen des Schiffes.

Craven half ihm und stellte Ziele in dem Tank auf, glühende Lichtpunkte, die von anderen Funken zerstört wurden, die Grimes Raketen darstellten. Nach einer solchen Übung lobte er: »Sie scheinen Ihr Handwerk zu verstehen, Fähnrich. Und welche Vorstellungen haben Sie von der taktischen Seite unseres Unternehmens?«

Grimes überlegte sich seine Worte sorgfältig. »Sir, wir *könnten* Laser verwenden, während der Antrieb arbeitet – aber wir haben keine Laser. Die Piraten aber haben welche. Sie können ihr Schiff mit unserem synchronisieren und uns in handliche Scheiben schneiden. Diesmal werden sie meiner Meinung nach zuerst versuchen, den Interstellar-Antriebsraum zu treffen, damit wir nicht wieder mit dem Zufallsgenerator entwischen.«

»Ja, genau das werden sie tun. Deshalb habe ich diesen Raum buchstäblich mit einem Kokon aus Isolierstoffen verschlossen. Oh, ich weiß, daß das nicht sehr wirksam ist, aber es wird uns eine oder zwei Gnadensekunden verschaffen. Nicht mehr.«

»Unseren Reflektordampf können wir nicht einsetzen«, fuhr Grimes fort. »Das wäre für uns genauso schlimm, als wenn wir eine Salve Raketen verlieren würden. Aber, Sir, als dieses Schiff zum erstenmal angegriffen wurde, muß doch eine beträchtliche Menge der Atmosphäre durch die Risse in der Außenverkleidung entwichen sein – und der Antrieb lief. Weshalb wurde das Schiff nicht in eine andere Raum-Zeit geschleudert?«

»Kommen Sie, Mr. Grimes. Die Antwort darauf wissen Sie selbst. Das Schiff wurde von den starken Zeitverschiebungsfeldern der Antriebseinheiten der zwei Piraten festgehalten. Und als die Ingenieure dann mit der Zufallsschaltung fertig waren, konnte keine Masse mehr entweichen, weil natürlich keine mehr übrig war.«

»Hm, ich verstehe. Oder zumindest glaube ich, es zu verstehen. Warum sollte ich dann nicht meine ALGS einsetzen, sobald wir angegriffen werden?«

»Nein. Besser nicht. Irgend etwas könnte schiefgehen – und ich will nicht einer meiner eigenen Vorfahren werden.«

»Dann . . .?«

»Sagen Sie es mir, Mr. Grimes.«

»Den Antrieb ausschalten . . .? Ins normale Kontinuum austreten? Ja . . . das könnte klappen.« Er wurde enthusiastisch. »Und dann warten wir mit unseren Raketenbatterien, bis *sie* austreten.«

»Aus Ihnen machen wir noch einen Admiral, Grimes.«

Mit Wachehalten und den Arbeiten, die sie in der dienstfreien Zeit erledigten, war die Zeit völlig ausgefüllt. Trotzdem fehlte etwas. Es fehlte sogar verdammt viel, sagte Grimes zu sich selbst. Jane Pentecoast mußte ihre eigenen Wachen halten und hatte ihre Pflichten, wenn sie nicht auf der Brücke war – aber sie und Grimes hatten eine gewisse Freizeit, die sie gemeinsam verbringen konnten. Sie taten es aber nicht.

Er schnitt dieses Thema an, als er einen Versuch mit dem künstlichen Chlorophyll in den SARE durchführte. »Jane, ich hoffte eigentlich, dich öfters zu sehen.«

»Du siehst mich doch oft.«

»Aber nicht oft genug.«

»Fall mir nicht auf die Nerven«, schnauzte sie ihn an, dann fügte sie mit etwas sanfterer Stimme hinzu: »Mach . . .«

». . . nicht alles kaputt?« beendete er ironisch den Satz.

»Du weißt genau, was ich meine«, erwiderte sie kühl.

»So?« Er suchte nach den passenden Worten. »Jane . . . Verdammt, ich hoffte . . . Nach dem, was auf der *Delia O'Ryan* geschehen ist . . .«

»Das«, sagte sie, »war etwas anderes.« Ihr Gesicht errötete. »Ich sage dir eines, Grimes, wenn ich gewußt hätte, daß du mitkommst, wäre dies nie geschehen.«

»Nein?«

»*Nein*!«

»Trotzdem . . . Ich sehe keinen Grund, weshalb wir nicht . . .«

»Weshalb wir nicht was? Oh, schon gut, schon gut. Ich weiß, was du meinst. Aber das kommt nicht in Frage. Ich sage dir auch, weshalb nicht. Auf einem Schiff wie der *Delta Orionis* waren diskrete Vergnügungen und Spielchen erlaubt, ja sogar erwünscht. Frauen waren nicht knapp – weder unter der Besatzung noch unter den Passagieren. Hier bin ich aber die einzige Frau. Dein Freund, Mr. Baxter, schleicht um mich herum. Und Mr. Wolverton, der Interstellar-Chefingenieur. *Und* sein Zweiter. Und sogar der Bärtige Bastard, trotz des Todes seiner Freundin. *Er* kann sich das vielleicht erlauben – die Privilegien seines Ranges, du weißt schon. Aber sonst niemand – am allerwenigsten du. Wie lange würde es wohl ein Geheimnis bleiben, wenn wir miteinander schlafen würden?«

»Da hast du wohl recht, aber . . .«

»Aber was? Ach John, du bist aber auch eine störrische Kuh.«

»*Kuh*?«

»Entschuldigung. Das ist der Slang der Randwelten. Auf beide Geschlechter anwendbar.«

»Wenn wir gerade von Geschlechtern reden . . .«

»Oh, halt deinen *Mund*!«

»Das werde ich nicht tun.« Wie sie da vor ihm stand, sah sie sehr verführerisch aus. Ein kleiner Ölfleck auf ihrer erröteten Wange wirkte wie ein Schönheitspflästerchen. »Das werde ich nicht tun«, wiederholte er. Sie stand ganz dicht bei ihm, und er war sich nur zu bewußt, daß unter der dünnen Uniformbluse und unter den kurzen Shorts Janes nackte warme Haut war. Er brauchte nur den Arm auszustrecken. Er tat es. Zuerst widersetzte sie sich nicht – und dann verfiel sie in wilde Aufregung. Bevor er sie loslassen konnte, packte ihn eine schwere, rauhe Hand am Hemdkragen und riß ihn nach hinten.

»Nimm deine dreckige Pfoten von ihr!« knurrte eine Stimme. Es war Baxters. »Nimm deine dreckigen Pfoten von ihr! Wenn wir dich nich' für das Feuerwerk brauchten, würd ich dich fertigmachen, hier un' jetzt.«

»Und nehmen Sie *Ihre* dreckigen Pfoten von mir weg!« kreischte Grimes. Es sollte so etwas wie ein authentischer Unterdeck-Fluch sein, aber es wirkte ganz anders.

»Lassen Sie ihn los, Mr. Baxter«, sagte Jane. »Bitte.«

»Oh, na schön. Wenn Sie's sagen. Aber ich find, wir sollten ihn zu dem Alten bringen.«

»Nein, lieber nicht.« Sie wandte sich an Grimes. »Danke für Ihre Hilfe mit der SARE, Mr. Grimes. Und ich danke *Ih*-

nen, Mr. Baxter, für Ihre Hilfe. Es ist Zeit, daß ich mich um das Essen kümmere.«

Sie ging, nicht hastig, aber sie trödelte auch nicht. Als sie den Raum verlassen hatte, ließ Baxter Grimes los. Ungeschickt drehte sich der Fähnrich um und drosch wild auf die Luft ein. Im Faustkampf war er noch nie besonders gut gewesen, und schon gar nicht unter den Bedingungen der Schwerelosigkeit. Aber er wußte, daß er kämpfen mußte, und die Wut über die Demütigung, die in ihm kochte, garantierte, daß er einige Wirkung erzielen würde.

Aber Baxter lachte und zeigte seine abstoßenden, gelben Zähne. »Hören Sie auf, Admiral! Und wenn wir uns schon die Zähne einschlagen müssen, dann nicht hier. Sie brauchen nur den UV-Strahler zerschlagen, und schon ist unsere Klimaanlage beim Teufel. Nur die Ruhe, Kamerad. Nur die Ruhe!«

Grimes beruhigte sich langsam. »Aber ich dachte, Sie wollten mir ans Leder, Mr. Baxter.«

»Man muß doch hin un' wieder für die Puppen 'ne Show abziehen. Mit der würd' ich auch 'ne ganz andere Show abziehen. Aber nich' vor allen Augen – wie Sie das wollten. Das geht einfach nich' – zumindest nich', bis die Schießerei vorbei is'. Un' selbst dann . . . Die Devise heißt also, Hände weg für Sie, Admiral. Un' für mich – und für den Chef-Zeitverdreher und seinen Zauberlehrling. Aber wenn Sie Zeit haben, könn' wir uns in meiner hochherrschaftlichen Behausung weiter unterhalten.«

Grimes hätte sich eigentlich unwohl fühlen sollen, als er dem Ingenieur zu dessen Unterkunft folgte, aber merkwürdigerweise war dem nicht so. Diese rauhbeinige Freundlichkeit konnte einfach nicht das Vorspiel zu einer Schlägerei sein. Und das war sie auch nicht.

»Kommen Sie rein«, sagte Baxter, als er die Schiebetür zur Seite schob. »Jetzt sehen Sie, wie die Armen leben. Fühlen Sie . . .«

»Nein«, widersprach Grimes. »Nein.«

»Was is' denn? Ich wollt' nur sagen, daß das hier mein bescheidenes Zuhause ist. Ich möchte Ihnen ein paar Freunde von mir vorstellen – un' wo die herkommen, sind noch mehr.«

Die ›Freunde‹ waren zwei Birnen – Grimes hatte sich diesen Ausdruck für die knollenförmigen Gefäße inzwischen angewöhnt. Auf den Etiketten prangten nicht weniger als vier Sterne. Der Kognak war mild; mild und stark. Grimes nippte anerkennend. »Ich hatte keine Ahnung, daß wir etwas von *diesem* Zeug an Bord der *Delia O'Ryan* hatten.«

»Hatten wir auch nicht. Diesen Tropfen finden Sie in keiner Bar von Handelsschiffen, und schon gar nicht auf den Kähnen Ihres kostbaren Überwachungsdienstes. Die Ladung war für die Yacht des Kaisers bestimmt. Ein Hoch auf die Steuerzahler von Waverley!«

»Aber woher haben Sie den, Mr. Baxter?«

»Woher wohl? Ich hab mich in den Laderäumen von diesem alten Kasten mal ein bißchen umgeschaut, und da waren einige Sachen, die man einfach nicht in die Hände dieser verdammten Waldegreneser fallen lassen konnte.«

»Aber das ist doch Plünderung.«

»Das ist gesunder Menschenverstand. Aber passen Sie auf, ich glaube kaum, daß Kapitän Craven damit einverstanden ist. Kauen Sie also etwas trockenen Tee – der ist auch in den Laderäumen – bevor Sie wieder mit dem Alten sprechen. Da is' überhaupt kein Unterschied nich' – das ist auch nich' schlimmer als das, was er mit den Waffen des Überwachungsdienstes aus seiner Ladung machte.«

»Das stimmt wohl«, gab Grimes zu. Trotzdem hatte er ein schlechtes Gewissen, als Baxter ihm eine zweite Birne mit dem teuren Tropfen anbot. Er lehnte jedoch nicht ab.

14

Baxter hatte einen guten Instinkt, wo etwas zu holen war.

Zwei Tage später, gemessen nach dem Chronometer der *Epsilon Sextans*, wartete er, bis Grimes von der Wache kam. »Fähnrich«, sagte er ohne Umschweife, »ich hab' was in der Ladung gefunden.«

»Etwas Neues, wollen Sie wohl sagen«, bemerkte Grimes kühl. Er mochte diese Plünderung immer noch nicht, obwohl er von der Beute profitiert hatte.

»Etwas, das dort nich' sein sollte. Etwas, das *Sie* angeht, glaube ich.«

»Ich sehe keinen Grund, weshalb sich unter der Ladung kein Nachschub für die Kriegsmarine von Waverley befinden sollte.«

»Das stimmt schon. Aber der würde bestimmt nicht in einer Kiste sein, auf der überall *Beluga Kaviar* steht. Ich dachte, ich hätte was gefunden, das zu dem Vodka paßt, aber . . .«

»Was haben Sie denn gefunden?«

»Kommen Sie mit und sehen Sie es sich an.«

»Von mir aus.« Grimes fragte sich einen Moment lang, ob er Craven, der ihn von der Wache abgelöst hatte, Meldung machen sollte, entschied sich dann aber dagegen. Der Alte könnte darauf bestehen, selbst eine Untersuchung vorzunehmen, und dann würde er noch eine langweilige Stunde auf der Brücke verbringen müssen.

Die zwei Männer gingen nach achtern, bis sie an das Vorderschott zu den Laderäumen kamen. Normalerweise wäre auch dort Luft gewesen, aber als die Atmosphäre der *Epsilon Sextans* mit den Nottanks der *Delta Orionis* aufgefüllt wurde, erschien es unsinnig, kostbaren Sauerstoff für diese Räume zu vergeuden. Man betrat die Laderäume also über eine Luftschleuse, an deren Außenseite ein Schrank angebracht war, in dem sich einsatzbereite Raumanzüge befanden.

Grimes und Baxter zogen sich die Anzüge an und halfen sich gegenseitig. Der Ingenieur streckte seine behandschuhten Hände nach den Schleusenkontrollen aus. Grimes hielt ihn zurück und beugte sich vor, damit sich ihre Helme berührten. »Warten Sie. Wenn wir die Tür aufmachen, leuchtet die Lampe am Kontrollpult in der Brücke auf.«

»Auf diesem Schiff nicht mehr!« erhielt er zur Antwort. »Die meisten Kabel wurden bei dem Angriff zerstört. Ich reparierte die Hauptleitungen – den Rest habe ich leider vergessen.« Durch die durchsichtigen Visiere sah er Baxters Grinsen. »Aus naheliegenden Gründen.«

Grimes zuckte mit den Schultern und ließ Baxter los. Hier lief ohnehin schon alles gegen die Vorschriften, ein relativ unbedeutender Verstoß mehr oder weniger würde nicht mehr ins Gewicht fallen. Er quetschte sich mit dem Ingenieur in die kleine Schleuse und wartete, bis die Luft in das Schiff zurückgepumpt worden war. Dann drückte er den Knopf, der den Öffnungsmechanismus für die innere Tür auslöste.

Er war nicht zum erstenmal in diesen Frachträumen. Einige der aus der Ladung der *Delta Orionis* ›geliehenen‹ Waffen waren hier montiert worden. Als er sie inspiziert hatte, war ihm nicht aufgefallen, daß das Öffnen und Schließen der Schleusentüren nicht auf Brücke registriert wurde.

Er trat zur Seite und ließ Baxter vorangehen. Der Ingenieur schritt zu einer der Kammern, in der er gestöbert hatte. Die Tür stand noch offen, und überall schwebten von dem Plünderer geöffnete Kartons und Kisten umher.

»Sie werden das wieder aufräumen müssen«, sagte Grimes schneidend. »Wenn wir beschleunigen, wird es Schäden geben.« Die Funkgeräte waren nicht eingeschaltet, und Luft, um auch noch so schwache Schallwellen zu tragen, war nicht vorhanden.

Baxter war in die offene Kammer gestolpert. Grimes folgte ihm und sah ihn bei einer Kiste stehen, deren Deckel aufgestemmt worden war. BELUGA KAVIAR. ERZEUGT IN DER RUSSISCHEN SOZIALISTISCHEN REPUBLIK, las er. Baxter winkte ihm, und Grimes bahnte sich einen Weg durch die schwebenden Frachtgutstücke.

In der Kiste war etwas – aber es waren keine Gläser oder Büchsen mit Störeiern. Auf den ersten Blick sah es wie eine glitzernde Plastik mit beweglichen Teilen aus, obwohl es völlig regungslos dalag. Es wirkte wie eine Kreuzung von Gyroskop und Möbsstreifen. Es sah nicht falsch aus – nichts Funktionelles sieht jemals falsch aus – aber es sah *seltsam* aus.

Grimes stand jetzt ganz dicht bei Baxter. Ihre Helme berührten sich. »Was . . . Was ist das?« fragte er.

»Ich habe gehofft, Sie könnten mir das sagen, Admiral.« Als Grimes vorsichtig seine Hand nach dem Ding in der Kiste ausstreckte, sagte er: »Vorsicht! Nichts berühren!«

»Warum nicht?«

»Weil das verdammte Ding mich fast in die Luft gejagt hätte. Sehen Sie die kaputte Feder? Un' den Behälter in der Ecke? Das is' eine Thermitbombe oder was Schlimmeres. Hätte hochgeh'n sollen, als ich den Deckel aufbrach – aber zum Glück hab' ich mein Brecheisen genau an der richtigen Stelle angesetzt und so den Zündmechanismus demoliert. Ich glaub', ich hab' das Mistding unschädlich gemacht.«

»Sieht so aus, als ob es – was es auch immer sein mag – an einen der Stromkreise angeschlossen ist.«

»Ja. Aber nicht an den Lichtstromkreis. Kann nur die Schleusenanlage sein.«

»Stimmt.« Als Waffenexperte erkannte Grimes, daß die Thermitbombe – wenn es eine war – unschädlich gemacht worden war. Es war keine wirklich raffinierte Falle, sondern lediglich eine Vorrichtung, die das – das *Ding* zerstörte, wenn man die Kiste zu öffnen versuchte. Baxter hatte Glück gehabt, und vermutlich hatten diejenigen, die das – was zum Teufel war es? – aufgestellt hatten, Pech gehabt.

Vorsichtig stieß er den Rotor mit seinem Finger an.

Er drehte sich – und er fühlte sich an andere Rotoren erinnert: die ständig kreisenden Gyroskope des Mannschenn-Antriebs.

Plötzlich erinnerte er sich. Er erinnerte sich an eine Reihe von Vorträgen an der Akademie über Waffen und Navigationsgeräte der Zukunft. Da er sich schon damals auf sein Fachgebiet festgelegt hatte, war er nur an den Waffen interessiert gewesen. Aber ein Mann namens Carlotti war erwähnt worden, der an der Entwicklung eines Gerätes arbeitete, das eine Zeitverschiebung bei Funksignalen auslöste, so daß eine sofortige Kommunikation über die ganze Galaxis hinweg möglich wäre, ohne daß sich die Schiffe und Küstenstation auf die launischen und unzuverlässigen Telepathen verlassen mußten. Und Funkfeuer, die nach demselben Prinzip arbeiteten, könnten für die Navigation von Schiffen unter Interstellar-Antrieb verwendet werden ...

Das könnte also so ein Apparätchen von Signor Carlotti sein. Vielleicht hatte ihm das Imperium von Waverley einen höheren Preis als die Föderation geboten. Aber warum die Kiste mit BELUGA KAVIAR? Um Industriespione abzulenken und zu verwirren? Aber die *Epsilon Sextans* verfügte über äußerst sichere Tresore zum Transport von besonderen Gütern.

Und warum war das Ding an das Stromnetz angeschlossen?

Plötzlich fiel es ihm wie Schuppen von den Augen. Irgendwie war das Herzogtum von Waldegren in den Besitz von Carlotti-Geräten gekommen. Dieses – dieses Funkfeuer hatte während der Reise Signale gesendet, ohne daß jemand an Bord des Schiffes etwas davon ahnte. Die Fregatten hatten das Funkfeuer angeflogen. Als versehentlich die Stromzufuhr unterbrochen wurde, konnte das Opfer mit dem Zufallsgenerator entkommen.

Wenn die Piraten also eine zweite Gelegenheit zum Angriff erhalten sollten, mußte das Gerät reaktiviert werden.

»Wir melden diese Sache lieber dem Alten«, sagte Grimes.

Kapitän Craven hörte aufmerksam zu, als Grimes und Baxter ihre Geschichte erzählten. Sie befürchteten, daß er einen Wutanfall bekommen würde, wenn er von der Plünderung des Ingenieurs erfuhr, aber er bemerkte nur trocken: »Die

Empfänger der Ladung können uns wohl für unsere Zeit und Arbeit entschädigen. Trotzdem, Mr. Baxter, muß ich darauf bestehen, daß solche Praktiken ab sofort aufhören.« Und als Grimes das Gerät beschrieb, meinte er: »Ja, ich habe von Carlottis Arbeit auf diesem Gebiet gehört. Aber ich hätte nicht gedacht, daß er schon ein funktionstüchtiges Modell entwikkelt hat. Das Ding kann jedoch auch von waldegrenesischen Wissenschaftlern anhand der in seinen Schriften publizierten Daten entwickelt worden sein.«

»Sie stimmen also mit mir darin überein, Sir, daß dies eine Art Funkfeuer ist, das die Piraten anpeilen können?«

»Was sollte es sonst sein? Gentlemen, jetzt stehen wir vor einem echten Dilemma. Wenn wir dieses verdammte Ding nicht reaktivieren, werden wir sehr wahrscheinlich das Schiff und seine Ladung ohne jedes Risiko für uns selbst und zur Freude der Versicherung nach Waverley bringen. *Wenn* wir es aber reaktivieren, werden wir wohl kämpfen müssen. Und es gibt keine Garantie dafür, daß wir die Sieger sein werden.«

»Ich wurde als Geschützoffizier schanhait«, sagte Grimes.

»Sind Sie schanghait oder gepreßt worden?« zweifelte Craven.

»Die Art und Weise läßt eher auf Schanghaien schließen«, erklärte Grimes.

»Tatsächlich?« Cravens Stimme klang kühl. »Aber ist ja egal. Sie sind hier, und Sie sind einer meiner Offiziere. Welches Verhalten schlagen *Sie* vor?«

Grimes antwortete langsam und überlegt. »Den Gesetzen zufolge befinden wir uns in keinem Krieg. Aber es handelt sich doch um eine Art Krieg – um einen gerechten Krieg. Auf alle Fälle hat der Kapitän eines Handelsschiffes das Recht, sich gegen eine rechtswidrige Beschlagnahme mit Waffengewalt zur Wehr zu setzen. Wir müssen natürlich auch die rechtswidrigen Umstände bei der Bewaffnung dieses Schiffes berücksichtigen ...«

»Wir sollten uns jetzt nicht in einer Diskussion über Rechtswidrigkeiten festfahren«, sagte Craven mit einer Spur von Ungeduld. »Die Rechtsanwälte können sich darum kümmern, wenn alles vorbei ist. Reaktivieren wir das Gerät?«

»Ja«, sagte Grimes.

»Und Sie, Mr. Baxter? Was meinen Sie?«

»Wir Randweltler mögen die Waldegreneser nich' sehr gern. Da werd' ich doch keine Gelegenheit versäumen, denen 'n wenig heimzuleuchten. Reaktivieren Sie, Skipper.«

»Gut. Und wie lange werden Sie für die Reparatur des Stromkreises benötigen, an dem das Funkfeuer angeschlossen ist?«

»Nich' mehr als zwanzig Minuten. Aber sollten wir nich' zuerst mal abstimmen?«

»Nein. Jeder an Bord wußte, daß es wahrscheinlich zu einem Kampf kommen würde. Mit einer möglichen Ausnahme, sind wir alle Freiwillige.«

»Aber ich habe mich auch freiwillig gemeldet, Sir«, protestierte Grimes.

»Jetzt müssen Sie sich entscheiden, Fähnrich. Noch vor einer Minute haben Sie mir gesagt, Sie seien schanghait worden. In Ordnung. Alle sind Freiwillige. Wir stecken also ein neues Stück Käse in die Falle, und damit Ende der Diskussion. Lassen Sie mich wissen, sobald Sie fertig sind, Mr. Baxter. Brauchen Sie Hilfe?«

»Ich komme schon allein zurecht, Skipper.«

Als er gegangen, wandte sich Craven an Grimes. »Sie sind sich im klaren darüber, daß mich das in eine üble Lage versetzt. Lassen Sie es mich so ausdrücken: Bin ich berechtigt, das Leben meiner Offiziere für meine Privatrache aufs Spiel zu setzen?«

»Sir, ich glaube, daß ich und Mr. Baxter die Meinung der Besatzung repräsentieren. Was die anderen angeht – Miss Pentecoast stammt von den Randwelten, und ihre Ansichten stimmen mit Baxters überein. Und der Rest der ursprünglichen Besatzung hat dasselbe Recht auf Rache wie Sie. Wäre ich ein Offizier dieses Schiffes bei dem Überfall gewesen, würde ich mich jetzt über die Gelegenheit zum Gegenschlag freuen.«

»*Sie* schon. Ja. Selbst wenn sich wie jetzt eine andere Möglichkeit bieten würde. Aber ...«

»Ich verstehe ehrlich nicht, was Ihnen Kopfzerbrechen bereitet, Sir.«

»Das können Sie auch nicht. Das hängt mit meiner Ausbildung zusammen. Trotz meines Reserveranges bin ich ein Handelsoffizier. Ja, ich weiß, jeder Militärkommandant ist genauso wie ich für das Leben seiner Besatzung verantwortlich – aber er weiß auch, daß ihre Leben – und auch seines – entbehrlich sind.«

»Es ist schade, daß Baxter das Funkfeuer gefunden hat«, sagte Grimes.

»Das ist es – und es ist andererseits auch wieder nicht schade. Wenn er es nicht gefunden hätte, müßte ich jetzt keine Monologe wie ein raumfahrender Hamlet halten. Wir hätten das Schiff unbeschädigt an den Zielort gebracht und wahrscheinlich alle eine Medaille von Lloyds bekommen. Auf der anderen Seite – hätten wir es nicht gefunden, dann hätten wir – oder ich? – unsere Chance verloren, Rache an den Piraten zu üben.«

»Sie sind nicht Hamlet, Sir.« Grimes sprach mit der Zuversicht der Jugend, aber Jahre später sollte er sich dieser Worte erinnern und weder Scham noch Verlegenheit fühlen, sondern nur ein wenig Neid und Bedauern. »Sie sind nicht Hamlet. Sie sind Kapitän Craven, auf diesem Schiff steht nur Gott über Ihnen. Bitte, Sir, tun Sie einmal in Ihrem Leben etwas, das Sie wirklich tun wollen, und fechten Sie es später mit dem Allmächtigen aus, wenn es unbedingt sein muß.«

»Und mit den Besitzern?« Grimes war sich nicht sicher, aber er glaubte ein Lächeln unter Cravens Vollbart gesehen zu haben. »Und mit den Besitzern?«

»Raumkapitäns-Patente liegen nicht auf der Straße, Sir. Und wenn alles schiefläuft, steht immer noch der Weg zu den Randwelten offen. Die Sundowner-Linie, so heißt sie doch, oder?«

»Daran habe ich auch schon gedacht.« Kein Zweifel möglich – Craven lächelte tatsächlich. »Nach allem, was Sie mir da gesagt haben, bin ich erstaunt, daß *Sie* sich nicht mit Miss

Pentecoast verbünden.«

»Und zu den Randwelten hinausgehe, Sir? Kaum.«

»Seien Sie sich da nicht so sicher, Grimes. Sie sollten jetzt aber Miss Pentecoast heraufholen, damit wir nachsehen können, wie unser Freund Baxter zurechtkommt. Es besteht immer die Gefahr, daß er noch ein paar Sachen unter der Ladung findet, die nicht festgenagelt sind.«

15

Grimes rief Jane Pentecoast über die Bordverständigung; nach ungefähr einer Minute tauchte sie auf der Brücke auf. Craven erzählte ihr über Baxters Entdeckung und was er, Craven, damit zu tun gedenke. Sie nickte mit entschiedener Zustimmung. »Ja«, sagte sie. »Das Ding ist hier, um benutzt zu werden – und zwar so benutzt zu werden, wie *wir* es wollen. Aber ich glaube, wir sollten es nicht allen sagen.«

»Warum denn nicht, Miss Pentecoast?«

»Ich könnte mich irren, Kapitän, aber meiner Meinung nach gibt es an Bord des Schiffes eine ganze Reihe von Leuten, die jede Chance begrüßen würden, sich aus der Rolle als Käse in der Mausefalle herauszuwinden. Solange es keine andere Möglichkeit gibt, sind sie durchaus mutig. Sollte sich aber eine Möglichkeit bieten, das Gesicht zu bewahren und trotzdem . . .«

Baxters Stimme dröhnte aus der Bordverständigung. »Chefingenieur des Reaktionsantriebs an Brücke. Reparaturen abgeschlossen. Bitte überprüfen Sie auf Ihrem Kontrollpult.«

Der Stromkreis war wieder hergestellt worden. Ein Summer ertönte, und eine brennende rote Lampe zeigte an, daß die Außentür der Luftschleuse zu den Laderäumen geöffnet war. Wieviel von den Schäden der Kontrolleinrichtungen auf Kosten der Schlacht und wieviel auf Kosten von Baxters Sabotage ging, würde ewig ein Geheimnis bleiben. Cravens dichte Augenbrauen hoben sich ironisch, als er Grimes ansah, und Grimes gab ein Schulterzucken zur Antwort.

Nachdem sie die Wache der Frau übergeben hatten, machten sich die beiden Männer auf den Weg von der Brücke nach achtern. Vor der Schleuse trafen sie Baxter, der bis auf den Helm schon in dem Raumanzug steckte. In dem Schrank waren nur zwei Anzüge gewesen, aber der Ingenieur hatte irgendwo einen dritten aufgetrieben.

Die Luftschleuse faßte nur zwei Personen gleichzeitig. Craven und Grimes gingen als erste, Baxter folgte nach. Da eine Geheimhaltung jetzt nicht mehr nötig war, hatten sie die Funkgeräte in den Anzügen eingeschaltet. Die einzige, die Ihnen vielleicht zuhörte, war Jane Pentecoast auf der Brücke.

Grimes hörte wie der Kapitän ärgerlich vor sich hinbrummelte, als sie an Frachtkisten vorbeikamen, die offensichtlich aufgestemmt und geplündert worden waren, aber außer diesem Brummeln unternahm der Kapitän nichts. Er hatte den für seinen Rang so ungeheuer wichtigen Verhältnissinn – und schließlich waren ein paar Birnen gestohlener Spirituosen ziemlich unwichtig.

Sie gelangten in die Kammer, in der die Kiste mit angeblichem Kaviar gelagert war. Ein Geheimagent der Waldegreneser mußte das Funkfeuer dort an den Stromkreis angeschlossen haben. In der Kiste lag die metallisch schimmernde Maschine immer noch bewegungslos. »Ich dachte, Sie hätten den Strom angeschlossen.«

»Das habe ich auch, Skipper.« Baxters Stimme klang gequält. »Aber ich schaltete den Strom natürlich aus, bevor ich das Gerät anschloß.« Er streckte einen behandschuhten Finger aus und legte einen Kippschalter um.

Nichts geschah.

»Nur ein bißchen anstoßen«, flüsterte der Ingenieur.

Der seltsam gebogene Rotor ließ sich leicht drehen und schien in dem von seiner Bewegung erzeugten Nebel zu verschwinden – ein Nebel, der nichts als eine optische Täuschung war.

Der Rotor drehte sich, wurde langsamer – und stand still ...

Baxter meldete Zweifel an der Legitimität seiner Elternschaft an. Immer noch vor sich hingrummelnd, zog er ein Voltmeter hervor. Jeder Zweifel, daß die Maschine Strom bekam, wurde bald zerstört. Sie bekam Strom – aber er wurde nicht verwendet. »Nun, Mr. Baxter?« fragte Craven.

»Ich bin nur ein einfacher Mechaniker, Skipper – und kein Physiker.«

»Mr. Grimes?«

»Mein Fachgebiet sind Waffen, Sir.«

Craven schnaubte verächtlich; der Laut klang unangenehm in den Helmlautsprechern. Dann sagte er sarkastisch: »Ich bin zwar nur der Kapitän, aber kenne mich ein wenig mit dem Bau und Betrieb von Mannschenn-Antrieben aus. Das Ding hier ist keine Mannschenn-Antriebseinheit – aber es ist ein naher Verwandter. Wenn ich mich recht erinnere, konnten einige der älteren Modelle nicht ohne einen kleinen Zeitverzerrungsfeld-Initiator gestartet werden. Diese Initiatoren werden noch immer als Ersatzteile in den Maschinenräumen unserer Schiffe mitgeführt.«

»Und das Ding wird *diesen* kleinen Zeitverdreher in Betrieb setzen, Skipper?« fragte der Ingenieur.

»Vielleicht, Mr. Baxter. Nur vielleicht. Mr. Grimes, würden Sie also bitte in den Maschinenraum gehen und Mr. Wolverton um seinen Initiator bitten? Sie brauchen ihm nicht zu sagen, wozu wir ihn brauchen.«

Wolverton war im Mannschenn-Maschinenraum und starrte trübsinnig in die metallisch glänzende Ansammlung sich drehender Rotoren. Grimes wandte hastig seinen Blick von der Maschine ab. Sie machte ihm angst, und er scheute sich nicht, dies zuzugeben. Auch der Ingenieur hatte etwas an sich, das ihm angst machte. Der große, leichenblasse Mann mit dünnen schwarzen Haarsträhnen über dem glänzenden Schädel, sah mehr wie ein Seher oder ein Wahrsager, der in die Tiefen seiner sich unheimlich bewegenden Kristallkugel blickt, als wie ein Schiffsoffizier aus. Er grummelte vor sich hin, seine Stimme war ein tiefes, kehliges Murmeln gegen das dünne, hohe Winseln der Gyroskope. Nach einiger Zeit konnte der Fähnrich die Worte verstehen. »Divergierende Bahnen ... Sein oder Nichtsein, das ist hier die Frage ...«

Dieses Schiff sollte man in Staat Dänemark *umbenennen*, dachte Grimes. *Irgend etwas ist hier faul* ... Laut sagte er: »Mr. Wolverton!«

Langsam wandte der Chefingenieur des Interstellar-Antriebs seinen Kopf um und starrte Grimes an, ohne ihn zuerst wahrzunehmen. Schließlich fixierte sich sein Blick auf den Fähnrich. »Ach, Sie sind es«, flüsterte er.

»Wer sonst, Chef? Schönen Gruß vom Kapitän. Er läßt fragen, ob Sie ihm Ihren Zeitverzerrungsfeld-Initiator ausleihen könnten.«

»So, läßt er fragen. Und warum?«

»Für ... für ein Experiment«, antwortete Grimes. Das war zwar nur eine Halbwahrheit, aber je weniger von Baxters Entdeckung wußten, desto besser.

»Ein Experiment?«

»Ja. Wenn Sie ihn mir bitte geben könnten, Chef ...«

»Er gehört zu den Ersatzteilen des Maschinenraums, und die gehören der Kommission. Es ist ein *sehr* empfindliches Instrument. Es verstößt gegen die Vorschriften, ihn an unqualifiziertes Personal auszuhändigen.«

»Aber Mr. Baxter hilft bei dem ... bei dem Experiment.«

»Mr. Baxter! Dieser Scharlatan mit seiner Trickkiste. Dieser ... *Randweltler*! Nein, nein. Mr. Baxter ist nicht qualifiziert.«

»Dann könnten Sie uns vielleicht einen Mann ausleihen.«

»Nein. Nein, ich vertraue niemandem. Mr. Grimes, warum bin ich wohl hier? Warum hänge ich an meinen Gyroskopen.« Ich hänge fast buchstäblich an ihnen, müssen Sie wissen. Hätte ich nicht hier auf Wache gestanden, als die Piraten zugeschlagen haben, wäre dieses Schiff völlig zerstört worden. Ich *kenne* den Antrieb, Mr. Grimes.« Er packte den Fähnrich beim Arm und drehte ihn mit dem Gesicht zu den schimmernden, sich drehenden Rotoren, immer in Bewegung, immer in dunkle Dimensionen hineinfallend. »Ich *kenne* den Antrieb, Mr. Grimes. Er redet mit mir. Er zeigt mir gewisse Dinge. Er warnte mich damals, daß der Tod auf dieses Schiff und seine Besatzung wartete.« Die Rotoren schienen zu verschwinden, Grimes wollte seine Augen schließen, konnte es aber nicht. »Und jetzt warnt er mich wieder. Aber da ist eine ... eine Divergenz ...«

»Mr. Wolverton, bitte! Wir haben nicht viel Zeit.«

»Was ist schon Zeit, Mr. Grimes? Was *ist* Zeit? Was wissen wir von den Nebenflüssen der Zeit, den Welten des Wenn? Ich habe mit dieser Maschine gelebt, Mr. Grimes. Sie ist ein Teil von mir – oder bin ich ein Teil von *ihr*? Lassen Sie es mich Ihnen zeigen ...« Sein Griff um den Arm des Fähnrichs war schmerzhaft. »Lassen Sie es mich Ihnen zeigen. Sehen Sie. Sehen Sie auf die Maschine. Was erkennen Sie?«

Grimes sah nur die schattenhaften, schimmernden Räder und eine konturlose Finsternis.

»Ich sehe Sie, Mr. Grimes«, sagte der Ingenieur mit singender Stimme. »Ich sehe Sie – aber nicht so, wie Sie sein *werden*, sondern so, wie Sie sein könnten. Ich sehe Sie auf der Brücke Ihres Flaggschiffes, Ihre Uniform ist mit Gold bedeckt und mit Orden überladen. Die Kommodores und Kapitäne grüßen Sie und nennen Sie ›Sir‹ ... Aber ich sehe Sie auch auf der Brücke eines schäbigen kleinen Schiffes, eines einzelnen Schiffes, Sie tragen schäbige Kleidung, und das Abzeichen auf Ihrer Mütze habe ich noch nie gesehen; ein solches Abzeichen gibt es noch nicht ...«

»Mr. Wolverton. Geben Sie mir den Initiator. *Bitte*!«

»Kein Grund zur Eile, Mr. Grimes. Kein Grund zur Eile. Wir haben Zeit für alles – für alles, das ist, das war, das sein wird und das sein könnte. Wir haben Zeit, uns zu entscheiden, Mr. Grimes. Wir haben Zeit zu entscheiden, ob wir ein zweites Rendezvous mit dem Tod haben wollen oder nicht. Der Initiator spielt eine wichtige Rolle dabei, Mr. Grimes, oder? Der Initiator ist der Wegweiser, der an der Abzweigung der Zeit steht. Sie waren nicht hier, Mr. Grimes, als die

Piraten zuschlugen. Sie hörten nicht die Schreie, sie rochen nicht den Gestank verbrannten Fleisches. Sie sind jung und waghalsig; Sie wollen nur eine Gelegenheit, ihre Spielsachen auszuprobieren. Und jetzt, da ich weiß, daß es eine andere Möglichkeit gibt, will ich nur das Schiff an seinen Zielhafen bringen, ohne noch mehr Leben zu opfern.«

»Mr. Wolverton . . .«

»Mr. Grimes!« Kapitän Cravens Stimme verriet, daß er in einer miserablen Stimmung war. »Wozu, zum Teufel, habe ich Sie eigentlich hier heraufgeschickt?«

»Kapitän«, sagte Wolverton. »Ich kann zwar nur vermuten, was Sie vorhaben – aber ich habe beschlossen, Ihnen dabei nicht zu helfen.«

»Dann geben Sie uns den Initiator. Wir kommen allein damit zurecht.«

»Nein, Kapitän.«

»Geben Sie mir den Initiator, Mr. Wolverton. Das ist ein Befehl.«

»Ist das ein *rechtmäßiger* Befehl, Kapitän? So rechtmäßig wie der Befehl, dieses Schiff zu bewaffnen?«

»Halten Sie ihn fest, Grimes!« (*Wer soll hier wen festhalten,* fragte sich der Fähnrich. Wolvertons Griff lag immer noch fest und schmerzhaft um seinen Arm.) »Halten Sie ihn fest, während ich im Lagerraum nachsehe!«

»Kapitän! Gehen Sie von der Tür weg! Sie haben kein Recht . . .«

Wolverton ließ Grimes los, der mit einer Beweglichkeit, die ihn selbst überraschte, seine Arme um die Taille des Ingenieurs legte. In diesem Handgemenge hatte sich der Kontakt zwischen ihren magnetischen Schuhsohlen und dem Deck gelöst. Hilflos hingen sie über dem Boden, ohne irgendeinen festen Halt in Reichweite ihrer um sich schlagenden Arme und Beine. Sie hingen dort und klammerten sich aneinander. Wolvertons Rücken war zu der Maschine gekehrt, so daß er nicht wie Grimes sehen konnte, wie die sich drehenden, schimmernden Rotoren Luft ansaugten. Grimes fühlte Panik in sich hochsteigen. Es gab keine Abschrankungen; irgendwo hatte er einmal gelesen, weshalb das so sein mußte, aber die abstrusen physikalischen Hintergründe waren nicht wichtig – wichtig war nur, daß es nichts gab, was ihn und Wolverton daran hindern würde, in das dimensionenverzerrende Feld dieses Dings gezogen zu werden.

Irgendwie bekam er seine rechte Hand frei und mit einer Anstrengung, die ihm die Schulter verrenkte, holte er zu einem kraftvollen und brutalen Schlag auf das Gesicht des Ingenieurs aus. Wolverton schrie auf und lockerte seinen Griff. Heftig stieß Grimes ihn von sich. Auf diese Aktion folgte die Reaktion.

Craven kam aus dem Lagerraum und hielt etwas unter dem Arm, das einem Spielzeuggyroskop in einer durchsichtigen Schachtel ähnelte. Er schaute sich auf dem Deck nach Grimes und Wolverton um, und verwirrt richtete er dann seinen Blick nach oben. Er tat nicht dasselbe wie Grimes, der sich bereits seit einigen Sekunden übergab – aber sein Gesicht unter dem Bart wurde schneeweiß. Er streckte seine freie Hand aus und zog Grimes nicht unsanft auf das Deck.

»Wir können nichts tun. Nichts – außer eine Pistole holen und ihn erledigen . . .«, sagte Craven mit einer Stimme, die kaum mehr als ein Flüstern war.

Grimes zwang sich, noch einmal auf das schleimige, blutige Etwas zu sehen, das ein Mensch war, dessen Inneres buchstäblich nach außen gekehrt war – das Herz (wenn es das Herz war) noch schlagend, die Eingeweide noch zukkend.

16

Grimes holte die Pistole; er nahm eine Minetti aus dem Waffenständer, den er selbst auf der Brücke angebracht hatte. Er sagte Jane Pentecoast, weshalb er sie brauchte. Er machte aus seinem Entsetzen und seinen Selbstvorwürfen kein Geheimnis.

»Das ist ein Krieg, auch wenn er nicht erklärt wurde. Und in einem Krieg muß man mit Gefallenen rechnen«, sagte sie.

»Ja, ja. Ich weiß. Aber *ich* habe ihn in das Feld gestoßen.«

»Es war ein Unfall. Es hätte genausogut dich treffen können. Und ich bin froh, daß nicht du es warst.«

»Aber du hast nicht gesehen, wie . . .«

»Ich will es auch nicht sehen.« Ihre Stimme wurde härter. »Und jetzt geh, verdammt noch mal, in den Mannschenn-Maschinenraum. Wenn dir der arme Kerl so leid tut, dann mach seinem Schmerz ein Ende.«

»Aber . . .«

»Sei kein so verdammter Feigling, Grimes.«

Die Worte schmerzten – in erster Linie deshalb, weil in ihnen soviel Wahrheit steckte. Grimes fürchtete sich davor, noch einmal das zuckende Etwas zu sehen, das einmal ein Mensch gewesen war, fürchtete sich davor, noch einmal die Luft in diesem Raum atmen zu müssen, die mit dem Geruch von heißem Öl, Blut und Erbrochenem getränkt war. Aber mit Ausnahme von Craven war er der einzige an Bord dieses Schiffes, der sich auf die Kriegskunst verstand. Er erinnerte sich an die Worte eines Oberstabsarztes, der vor den Fähnrichen seines Kurses eine Vorlesung über das Verfahren mit Verwundeten gehalten hatte – und er erinnerte sich auch, wie die jungen Offiziere die Brutalität eines Mannes verurteilt hatten, der von berufswegen ein Heiler sein wollte. *»Wenn es einen Ihrer Kameraden wirklich erwischt hat, zögern Sie nicht einen Augenblick, auch wenn es Ihr bester Freund ist, ihm den Rest zu geben. Sie erweisen ihm einen Gefallen damit. Erledigen Sie ihn, und schaffen Sie ihn weg. Grauenhaft verwundete Männer sind schlecht für Moral.«*

»Worauf wartest du noch?« bedrängte ihn Jane Pentecoast. »Soll *ich* es für dich tun?«

Grimes antwortete darauf nicht und verließ eilig die Brücke.

Als Grimes im Mannschenn-Maschinenraum ankam, war Craven noch dort. Bei ihm standen zwei Ingenieure des Interstellar-Antriebs – der Zweite und der Dritte. Ihre Gesichter waren weiß wie Kalk, und der vorspringende Adamsapfel des Zweiten hüpfte krampfhaft auf und ab, aber auf ihren Mienen war die grimmige Entschlossenheit der Männer abzulesen. Der Dritte – wie konnte er es nur ertragen, die schleimige, übelriechende Masse anzufassen? – hielt ihn an den Schultern fest (ein weißer, grotesk verdrehter Knochen schimmerte fahl unter dem roten Fleisch hervor), während der Zweite mit einem schweren Schraubenschlüssel in der Hand, sich zu entscheiden versuchte, wohin er schlagen sollte.

Der Kapitän bemerkte Grimes. »Geben Sie das her!« bellte er und riß dem Fähnrich die Pistole aus der Hand. »Gehen Sie zurück!« befahl er den Ingenieuren.

Die kleine Waffe blaffte laut und bösartig. Zu den anderen Gerüchen kam der ätzende Gestank der Treibladung hinzu. Was einmal Wolverton gewesen war, wurde durch die Wucht der winzigen Geschosse auf das Deck geschleudert und blieb dort haften. Obwohl überraschend wenig Blut zu sehen war, hatten die Zuckungen des Körpers aufgehört.

Craven gab die leere Pistole dem Fähnrich zurück. »Mr. Grimes, Sie bleiben hier und kümmern sich um die Beseitigung der Leiche«, befahl er und ging zu dem Schrank, in den er den Initiator gelegt hatte, nahm das kleine Instrument heraus und trug es vorsichtig unter dem Arm aus dem Mannschenn-Maschinenraum. Keiner der beiden Ingenieure, die immer noch wie gebannt auf ihren toten Chef starrten, bemerkte es.

»Wie . . . wie passierte es?« fragte der Zweite nach langem Schweigen.

»Er fiel in das Feld«, erklärte Grimes.

»Aber weshalb? Weshalb? Er hat immer an uns herumgenörgelt, wir seien zu unvorsichtig, hat uns gewarnt, was für ein Ende wir nehmen würden, und jetzt ist es ihm selbst passiert . . .«

»So ist es immer«, meinte der Dritte. »Macht es nicht so wie ich, sondern so, wie ich es sage.«

»Haben Sie eine Kiste?« fragte Grimes.

»Eine Kiste?« wiederholte der Zweite.

»Ja. Eine Kiste.« Jetzt, da er wieder etwas Nützliches zu tun hatte, begann Grimes, sich besser zu fühlen. »Wir können ihn nicht bestatten, solange wir mit dem Interstellar-Antrieb fliegen. Wir müssen ihn ... wir müssen ihn irgendwo hinbringen.« *Außer Sichtweite*, fügte er in Gedanken hinzu.

»Vielleicht diese Kiste mit Ersatzteilen?« murmelte der Zweite.

»Hat genau die richtige Größe«, bestätigte der Dritte.

»Dann holen Sie sie«, befahl Grimes.

Nachdem die Ersatzteile und ihre Verpackungen herausgenommen und woanders verstaut worden waren, war in der Kiste genug Platz. Ihre Abmessungen entsprachen fast denen eines Sarges. Der Boden der Stahlkiste war magnetisiert worden, so daß sie auf dem Deck haften blieb, während die drei Männer abermals gegen ihre Übelkeit ankämpften und die Leiche in den Behälter legten. Alle seufzten erleichtert auf, als der Deckel die sterblichen Überreste ihren Blicken entzog. Zuletzt verschweißte der Dritte die Fuge. Während er dies tat, flackerte plötzlich das Licht.

War das Schweißgerät dafür verantwortlich, fragte sich Grimes. Oder war das Funkfeuer im Laderaum reaktiviert worden?

Irgendwie war ihm jetzt alles egal.

So gut wie möglich gesäubert, jedoch noch immer mit einem flauen Gefühl in der Magengegend, kehrte er auf die Brücke zurück. Craven und Baxter waren auch dort. Jane Pentecoast war abgelöst worden, damit sie sich um ihre Pflichten in der Kombüse kümmern konnte. »Nicht daß ich Appetit habe, und ich bezweifle, daß es Mr. Grimes anders geht«, bemerkte der Kapitän.

»So schnell haut mich nichts um«, erklärte der Ingenieur vergnügt, während er an dem Kontrollpult der Luftschleusen herumbastelte.

»Sie haben auch Mr. Wolverton nicht gesehen, Mr. Baxter«, sagte Craven gereizt.

»Nein, Skipper, zum Glück nicht.« Er unterbrach seine Arbeit und wühlte in seiner Werkzeugtasche. Er holte einige Birnen mit Kognak hervor. »Aber ich hab' mir gedacht, daß Sie und der Fähnrich einen gebrauchen könnten.«

Craven wollte gerade etwas über Plünderung der Ladung sagen, überlegte es sich dann aber anders. Er nahm den Kognak kommentarlos an. Die drei Männer tranken schweigend.

Achtlos warf Baxter seine leere Birne zur Seite und fuhr mit seiner Arbeit fort. »Ja. Wir haben das Ding wieder in Gang gebracht. Und wir haben es verbessert«, sagte der Kapitän zu Grimes.

»Verbessert, Sir? Wie denn?«

»Jetzt ist es nicht nur ein Funkfeuer, sondern auch eine Warnvorrichtung. Sobald es die Strahlung von ähnlichen Geräten an Bord der beiden Fregatten auffängt, wird der Summer, den Mr. Baxter gerade installiert, Alarm geben, und die rote Lampe wird aufleuchten. Wir werden also vorgewarnt werden . . .«

»Alles fertig, Skipper«, meldete der Ingenieur.

»Danke, Mr. Baxter. Wenn Sie nichts dagegen haben, würde ich mich jetzt gern mit Mr. Grimes allein unterhalten.«

»Seien Sie nicht zu hart mit ihm, Skipper.«

Baxter zwinkerte Grimes fröhlich zu und verließ die Brücke.

»Mr. Grimes«, Cravens Stimme klang ernst. »Mr. Grimes, Sie haben heute, sehr früh in Ihrer Laufbahn, eine Lektion gelernt, die einige von uns niemals lernen müssen. Sie haben einen Menschen getötet – ja, ja, ich weiß, daß Sie es nicht beabsichtigt haben –, und Sie haben das Privileg gehabt, das Ergebnis Ihrer Handlung zu sehen.

Viele von uns sind oder waren Mörder. Viele von uns haben Knöpfe gedrückt, jedoch nie gesehen, was am anderen Ende des Laserstrahls geschieht. Vielleicht sehen die Menschen, die durch Bombenexplosionen oder Laser umgekommen sind, nicht ganz so furchtbar wie Wolverton aus – aber ich kann Ihnen versichern, daß sie oft schlimm genug aussehen und oft ebenso langsam und qualvoll sterben. Sie wissen jetzt, wie ein gewaltsamer Tod aussieht, Mr. Grimes. Und nun sagen Sie mir, ob Sie immer noch bereit sind, die Knöpfe zu drücken und auf ihren Gefechtsinstrumenten einen Marsch zu blasen.«

»Und wie haben die Leichen auf diesem Schiff ausgesehen, Kapitän?« fragte Grimes. Dann erinnerte er sich, daß eine der Leichen die Frau gewesen war, die Craven geliebt hatte, und er bereute es bitter, die Frage gestellt zu haben.

»Nicht schön«, flüsterte Kapitän Craven. »Ganz und gar nicht schön.«

»Ich drücke die Knöpfe für Sie«, erklärte Grimes.

Und für Jane Pentecoast, dachte er. *Und für die anderen. Auch für mich selbst? Das Dumme daran ist, daß ich nicht die Entschuldigung habe, daß ich dafür bezahlt werde, es zu tun . . .*

17

Die *Epsilon Sextans* fiel durch die dunklen Dimensionen, fiel durch das verzerrte Kontinuum. Aber an Bord des Schiffes hatte die Zeit immer noch eine Bedeutung, die Kontrollchronometer ließen immer noch die Sekunden, Minuten und Stunden verrinnen. Der kleine, von Menschen erschaffene Planet hielt dem gestrengen Gott aller wissenschaftlich denkenden Menschen im Universum die Treue – der Uhr. Auf der Brücke und im Maschinenraum folgte Wache auf Wache. Mahlzeiten wurden zubereitet und pünktlich serviert. Zuletzt lebten sogar die Gemeinschaftsspiele in der Freizeit wieder auf: man hatte ein Schachspiel entdeckt und machte eifrigen Gebrauch davon, irgend jemand hatte Spielkarten mitgebracht, und man spielte Bridge.

Aber ein Vergnügen lebte zu Grimes' Enttäuschung nicht wieder auf – das älteste Vergnügen der Welt überhaupt. Er sprach Jane oft auf das Thema an – doch sie lachte nur. Er wurde hartnäckig, aber das verschlimmerte die Sache noch. Er sei (so sagte er) der Esel, den man an der Möhre hatte riechen lassen und der jetzt nicht verstehen konnte, warum man ihm die Möhre vorenthielt. Er sei (sagte sie) ein Esel. Punkt.

Er hätte eigentlich erraten sollen, was geschah, aber er erriet es nicht. Er war jung und hatte keine Erfahrung mit Frauen – mit Männern *und* Frauen. Er konnte sich einfach nicht vorstellen, daß Jane mehr als einen flüchtigen Blick für einen der Ingenieure oder den schlappen, fetten Psionischen Funkoffizier übrig haben könnte – und damit hatte er auch recht.

Die *Epsilon Sextans* war für ein Schiff ihrer Klasse sehr gut ausgerüstet. Zusätzlich zu der üblichen Bordverständigung besaß sie ein schiffsinternes Fernsehsystem. In einem Notfall konnte der Kapitän oder der wachhabende Offizier durch bloßes Umlegen eines Schalters beobachten, was in jedem Raum des Schiffes geschah. Über dem Kontrollpult standen in großen roten Buchstaben die Worte: NUR IM NOTFALL ZU BENUTZEN. Grimes wußte nicht, was die Strafe für unrechtmäßigen Gebrauch des Gerätes in der Handelsmarine war, aber er wußte, daß im Überwachungsdienst Offiziere wegen dieses Vergehens mit einem unehrenhaften Abschied entlassen worden waren. Je beengter und gedrängter die Bedingungen waren, unter denen Männer – und Frauen – lebten und arbeiteten, desto unantastbarer war die Privatsphäre.

Grimes stand auf Wache.

Als er sie angetreten hatte, sprachen alle Anzeichen dafür, daß sie ebenso langweilig werden würde wie all die vorhergehenden Wachen.

Von dem Wachhabenden erwartete man nur, daß er wach blieb. Grimes blieb wach. Unter seinem Uniformhemd versteckt hatte er ein Buch auf die Brücke geschmuggelt, das eine Zeitlang seine Aufmerksamkeit beanspruchte. Dann folgte er dem Beispiel von Generationen von Wachhabenden, fing ein dreidimensionales Kreuzchenspiel im Kartentank an und spielte gerade bemerkenswert gut, als ein Summer ertönte. Der Fähnrich löschte sofort das Spiel aus dem Tank und sah auf das Kontrollpult der Luftschleusen. Aber es leuchtete keine Lampe auf, und er erkannte, daß es die Bordverständigung sein mußte.

»Brücke«, sagte er in sein Mikrofon.

»Psionischer Funkoffizier hier. Ich ... Ich fühle mich nicht wohl, Mr. Grimes ...«

»Wer tut das schon?« witzelte Grimes.

»Ich ... Ich glaube zu ersticken.«

»Ist was mit der Belüftung in Ihrer Hütte?«

»Nein. NEIN. Es ist wie ... wie eine schwere, mit eiskaltem Wasser vollgesaugte Decke ... Man kann sich nicht bewegen ... man kann nicht schreien ... man kann nicht *hören* ... Es ist wie kurz vor ...«

»*Kurz vor was*?« rief Grimes – und dann, als der andere Summer ertönte und die rote Lampe auf dem Kontrollbrett aufleuchtete, erkannte er die Dummheit der Frage.

Sofort drückte er den Alarmknopf. Es war soweit, endlich. Alle Stationen auf Gefechtsbereitschaft! Überall im Schiff schrillten die Klingeln und Sirenen. Hastig räumte Grimes den Pilotenplatz und rutschte in seinen Sitz, von dem aus er seine Waffen bedienen und auch andere Kontrollen vornehmen konnte. Aber wo war der Alte? Wo war Kapitän Craven?

Dies war der Augenblick, auf den er gewartet hatte, auf dieses Ziel hatte er alle seine gesetzwidrigen Handlungen gerichtet. Verdammt noch mal, *wo war er*?

Vielleicht schwebte er bewußtlos in seiner Unterkunft – er könnte erschreckt aus dem Schlaf aufgefahren sein, den Kopf gegen einen Vorsprung gehauen und sich selbst bewußtlos geschlagen haben. Wenn dies der Fall war, mußte er, Grimes, Jane von ihrer Gefechtsstation im Schiffslazarett rufen, damit sie Erste Hilfe leisten konnte. Er durfte keine Zeit verlieren.

Der Fähnrich streckte den Arm aus und legte die entsprechenden Schalter um, damit er ein Bild aus dem Inneren der Kapitänskajüte bekam. Der Bildschirm wurde hell, erwachte zum Leben. Grimes starrte voll Entsetzen auf das leuchtende Bild. Es leuchtete tatsächlich – mit jener besonderen Art Leuchten, das von nacktem, weiblichem Fleisch ausstrahlt. Jane zog sich mit fast schon lächerlicher Hast an. Vom Kapitän keine Spur – *auf dem Bildschirm.*

Craven zischte mit kaltem Zorn: »Sie verdammter Spanner!« Lauter fügte er hinzu: »Schalten Sie das verdammte Ding aus! Mit Ihnen rechne ich noch ab, wenn das hier vorbei ist.«

»Aber, Sir . . .«

»Ausschalten, sage ich!«

Mit flammenden Wangen gehorchte Grimes. Er saß da, starrte auf die Waffenkontrollen und kämpfte gegen seine Übelkeit und sein flaues Gefühl im Magen an. Irgendwie fand er die Zeit, einen klaren Gedanken zu fassen. *Da war ich also der Ritter, steckte schon in der Rüstung und war bereit, jeden Drachen für diese Frau zu erschlagen, und während der ganzen Zeit hat sie . . .* Er beendete den Gedanken nicht.

Über die Bordverständigung hörte er einen der Ingenieure rufen. »Kapitän, sie versuchen, sich an uns anzuhängen! Genau wie beim letztenmal. Zufallsgenerator einschalten, Sir?«

»Nein. Schaltet den Antrieb aus!«

»Antrieb ausschalten?« fragte der Ingenieur ungläubig.

»Sie haben doch gehört. *Antrieb aus*!«

Dann sagte er, zu Grimes gewandt: »Und auf was, zum Teufel, warten *Sie*?«

Der Fähnrich wußte, was er tun mußte; er hatte es oft genug geübt. Aus den Düsen an der Außenhaut des Schiffes trat eine Wolke mit Reflektordampf aus, gerade noch rechtzeitig, gerade, als die Laser des Feindes auf ihr Ziel zurasten. Es schien, als ob die Innentemperatur des Schiffes plötzlich und sprunghaft ansteigen würde – obwohl dies auch eine Täuschung sein konnte, ausgelöst durch den Anblick der feurigen Dampfschwaden hinter den Sichtluken, bevor die gepanzerten Klappen sie verdeckten.

Auf Grimes' Kontrollschirm tauchten jetzt zwei Ziele auf,

aber er konnte keine Rakete abfeuern, bevor die taumelnden Rotoren nicht zum Stillstand kamen und aufhörten sich zu drehen. Die Verwendung von Anti-Laser Dampf war schon riskant genug. Plötzlich war der Schirm wieder leer – was bedeutete, daß die Zeitverzerrungsfelder des Jägers und des Gejagten nicht länger synchron waren, daß die Piraten vergeblich versucht hatten, ihre Felder dem ihres Opfers anzugleichen. In der gewöhnlichen Raumzeit war ein Synchronisieren nicht nötig – und dort würden die Jäger feststellen, daß ihre Beute Klauen und Zähne besaß.

An Bord der *Epsilon Sextans* erstarb der winselnde Ton des Antriebs zu einem Flüstern, zu einem kaum hörbaren Murmeln, das bald ganz verstummte. Es folgte die unumgängliche Sekunde völliger Desorientierung, als die Ingenieure, sobald es sicher war, die Gyroskope stoppten.

Ohne zu zögern, schaltete Craven den Trägheits-Antrieb ein und steuerte mit voller Kraft voraus. Er flüchtete nicht – obwohl er diesen Eindruck vermitteln wollte. Er ging dem Gefecht nicht aus dem Weg, sondern lud eher dazu ein – aber wenn die waldegrenesischen Kapitäne annahmen, daß die *Epsilon Sextans* noch immer ein flüchtendes, unbewaffnetes Handelsschiff war (der Anti-Laser-Schirm konnte ebensogut ein aus der normalen Schiffsausrüstung und Ersatzteilen zusammengeflicktes Provisorium sein), so war dies *ihr* Fehlschluß.

Grimes beobachtete konzentriert seine Schirme. Plötzlich tauchten die zwei Punkte wieder auf, achtern und über hundert Kilometer entfernt, aber näherkommend. Er meldete es dem Kapitän. »Klar zur Beschleunigung!« befahl Craven. »Reaktions-Antrieb – Achtung!«

Dies alles gehörte zu dem Täuschungsmanöver: ein letztes, verzweifeltes Verschwenden von Reaktionsmasse, das nicht mehr als einen Aufschub des Unumgänglichen darstellte. Auf den feindlichen Brücken würde sich das gut machen.

»Reaktions-Antrieb bereit!« meldete Baxter über die Bordverständigung.

»Danke. Kapitän an Besatzung, es gibt keinen Countdown. *Feuer*!«

Aus den Augenwinkeln sah Grimes, wie Cravens Hand auf den Schalter niedersauste. Die Beschleunigung riß ihn brutal in den Sitz zurück. Er hörte ein Aufbrüllen, das mehr an eine Explosion als an einen gewöhnlichen Raketenstart erinnerte, und er spürte, wie ein Zittern durch das ganze Schiff lief.

»Das dürfte überzeugend genug gewirkt haben – ich hoffe, Baxter hat nicht wirklich eine unserer Brennkammern hochgehen lassen«, sagte der Kapitän ruhig.

Das Schiff bewegte sich jetzt nur mit dem Trägheits-Antrieb, und die zwei Punkte, die für kurze Zeit zurückgefallen waren, schlichen sich nun wieder heran und verringerten den Abstand.

»Anti-Laser«, befahl Craven knapp.

»Aber, Sir, das wäre reine Verschwendung. Sie werden keine Laser einsetzen, bis sie auf zwanzig Kilometer herangekommen sind.«

»Sie vermuten aber auch keinen Waffenspezialisten an Bord dieses Klapperkastens.«

Noch einmal stießen die Düsen eine Wolke aus, die schnell hinter dem Schiff zurückblieb und sich sinnlos auflöste.

Craven schaute auf seine eigenen Bildschirme, runzelte die Stirn und murmelte: »Die lassen sich Zeit . . . haben wahrscheinlich selbst nicht mehr viel Reaktionsmasse.« Er wandte sich an Grimes. »Ich glaube, ein kleiner Ausfall des T. A.'s ist angebracht.«

»Wie Sie meinen, Sir.« Der Fähnrich konnte nicht vergessen, daß man ihn einen verdammten Spanner genannt hatte. Sollte Craven doch seine Entscheidungen allein treffen.

»Schiff klar zur Schwerelosigkeit«, befahl der Kapitän ruhig. Das regelmäßige Pochen des Trägheits-Antriebs stockte und hörte schließlich auf. Es folgten zwei lange Minuten unter den Bedingungen der Schwerelosigkeit, dann setzte der Antrieb wieder für fünf Minuten ein. *Ein Maschinenschaden*, mußte der Feind denken. *Ein Maschinenschaden, und die Ingenieure geben ihr letztes, um das Schiff wieder flott zu bekommen.* Nach den Mißhandlungen, die das Schiff bei ihrer ersten Begegnung zu erleiden hatte, war ein Maschinenschaden nicht verwunderlich.

Obwohl man seine tatsächliche Geschwindigkeit in Kilometern pro Sekunde messen konnte, mußte das Schiff für seine aufholenden Verfolger relativ bewegungslos wirken. Grimes fragte sich, warum die Kriegsschiffe keinen Gebrauch von ihren Funkgeräten machten und eine Übergabe des Schiffes forderten – der Empfänger der *Epsilon Sextans* war eingeschaltet, aber außer dem Pfeifen und Prasseln der interstellaren Statik war nichts zu hören. Er drückte seine Verwunderung Craven gegenüber aus.

Craven lachte bitter. »Sie wissen, wer *wir* sind – oder zumindest glauben sie, es zu wissen. Und sie wissen, daß wir wissen, wer *sie* sind. Nach allem, was vorangegangen ist, dürfen wir keine Gnade erwarten. Alles, was wir jetzt ihrer Meinung nach tun können, ist, den Mannschenn-Antrieb wieder zu reparieren. Aber solange dieses komische Funkfeuer von ihnen fröhlich weiterarbeitet, können sie uns innerhalb einer halben Stunde anpeilen, ganz gleich, wieviel Zufallsgeneratoren wir einsetzen.« Er lachte noch einmal. »Die kennen keine Skrupel; Gott segne ihre kleinen schwarzen Herzen.«

Grimes schaute auf seine Schirme. Vierzig Kilometer – dreißig – »Sir, die ALGS?« fragte er.

»Ja. Jetzt sind Sie dran.«

Zum drittenmal versprühten die Düsen den Reflektordampf und umhüllten das Schiff mit einer dichten Wolke. Craven, der die Anzeigen der Außenthermometer beobachtet hatte, bemerkte ruhig: »Sie haben das Feuer eröffnet. Die Außenverkleidung wird rasch heiß.«

Auch auf der Brücke schien es immer wärmer zu werden; Grimes drückte auf den Knopf, der die Verkleidung seiner Geschützbatterien entfernte. Die Gaswolke bot dem Schiff nicht nur Sicherheit vor den Lasern, sondern tarnte es auch gegen die Blicke der Feinde. Die waldegrenesischen Fregatten erwarteten nicht, daß sich das Schiff mit Waffengewalt verteidigen würde.

Grimes feuerte die erste Salve ab und fühlte, wie das Schiff erbebte, als sich die Raketen von ihren Abschußrampen lösten. Und schon waren sie auf seinem Schirm – sechs kleine Lichtpunkte, sechs einfache Computergehirne, darauf programmiert, ihr Ziel anzusteuern und zu zerstören oder, solange ihr Treibstoff nicht zur Neige ging, allen Ausweichmanövern zu folgen. Er sah sie auf dem Schirm – sechs, dann vier, dann eine. Diese letzte Rakete erreichte fast ihr Ziel – dann erlosch auch sie. Die waldegrenesischen Fregatten benutzten ihre Laser jetzt zur Verteidigung, und nicht mehr zum Angriff.

»Ich glaube nicht«, bemerkte Craven, »daß sie Raketen einsetzen werden. Zumindest jetzt noch nicht. Sie wollen unsere Ladung nicht beschädigen.« Er lachte verhalten. »Aber wir haben sie beunruhigt.«

Grimes schenkte sich eine Antwort. Die Lampen auf seinem Kontrollpult sagten ihm, daß die sechs ASR-Abschußrampen wieder geladen waren. Die ARR – Anti-Raketen Raketen – waren noch nicht abgefeuert worden. Sollte er ihren Einsatz gegen große Ziele wagen? Er hatte nur Raketen für drei volle Salven – und ein Laser zur Abwehr von feindlichen Raketen stand ihm nicht zur Verfügung. Konnte er es wagen, seinen Vorrat anzugreifen?

Er wußte, daß die ARR oft ›boshafte, kleine Teufel‹ genannt wurden. Verglichen mit Anti-Schiffs-Raketen verhielten sie sich so, wie Terrier im Vergleich zu Bulldoggen. Ihre Sprengköpfe waren klein, aber dies wurde durch ihre größere Ausdauer kompensiert. Sie waren vielleicht auch ein wenig ›intelligenter‹ als die größeren Raketen, und Grimes, der die jetzige Situation vage vorausgeahnt hatte, hatte gewisse Änderungen in ihren ›Gehirnen‹ vorgenommen.

Er drückte den Knopf, der diese Änderungen wirksam werden ließ und das ursprüngliche Programm außer Kraft setzte. Er löste den Sicherungshebel, fühlte das Vibrieren, als die Raketen das Schiff verließen, und beobachtete auf seinem Schirm, wie die winzigen Lichtpunkte den Abstand zwischen sich und den großen Punkten verringerten, die ihre Ziele darstellten. Sie waren schnell, und ihr Kurs war unberechenbar. Eine wurde innerhalb der ersten zehn Sekunden von einem Laser ausgeschaltet, aber die anderen setzten ihren Weg auf Zickzackkurs in Richtung ihres Zieles fort. Grimes konnte sich vorstellen, wie die feindlichen Geschützoffiziere mit ihren Lasern umherfuchtelten, die Menschen, die sich nur mit langen Stöcken bewaffnet gegen eine Horde kleiner, bösartiger Tiere verteidigen mußten. Eine narrensichere Möglichkeit, diesem Angriff zu entgehen, war natürlich, den Mannschenn-Antrieb zu starten und zurück in das verzerrte Kontinuum zu schlüpfen, wohin die Raketen nicht folgen konnten. Aber wahrscheinlich mußten die waldegrenesischen Kapitäne erst die Tatsache verdauen, daß dieses hilflose Handelsschiff irgendwie die Mittel erhalten hatte, zurückzuschlagen.

Zwei der ARR waren jetzt von dem feindlichen Laser zerstört worden. Drei näherten sich immer noch dem Ziel Backbord achtern, und nur eine steuerte das Ziel hinter der Steuerbordseite an. Grimes feuerte die zweite Salve ARR ab und ließ eine Ladung ASR folgen. Da der Schirm aus Reflektordampf durch das Abfeuern der Raketen Lücken haben mußte, sandte er eine neue Ladung Gas aus.

Er hörte Craven triumphierend aufschreien. Die drei ARR der ersten Salve hatten ihr Ziel getroffen, die drei Lichtfunken waren mit dem Zielpunkt verschmolzen, der das Piratenschiff auf der Backbordseite darstellte. Die drei Raketen der zweiten Salve waren fast schon am Ziel und wurden von den größeren und leuchtenderen Funken der zweiten ASR-Ladung überholt. Die Anti-Raketen würden dem Schiff nur kleine Schäden zufügen – aber aller Wahrscheinlichkeit nach würden sie den Feuerleitstand für kurze Zeit ausschalten und vielleicht sogar einen Laserprojektoren zerstören. In der Theorie genügte eine ASR, um eine Fregatte zu vernichten; wenn drei Raketen zugleich trafen, würde nicht mehr viel von dem Schiff übrigbleiben.

Und genauso geschah es.

Das Bild auf dem Radarschirm – von einem elektronischen Pinsel mit wenig Details auf einen leuchtenden Untergrund gemalt – war nicht sehr aufregend. Der große Lichtpunkt verschmolz zuerst mit drei winzigen und dann mit den drei kleinen Funken. Dann sah man einen seltsam leuchtenden Klecks, der sich langsam in eine Wolke glühender Bruchstücke auflöste, die stetig größer wurde: eine gemächlich aufblühende Blume aus fahlem Feuer.

»Der andere Dreckskerl hat kalte Füße bekommen . . .«, sagte Craven boshaft.

Er hatte recht. Wo das andere Schiff auf dem Schirm gewesen war, konnte man jetzt nur noch Dunkelheit erkennen, eine Dunkelheit, in der die Funken, die die Raketen und Anti-Raketen darstellten, ziellos umhersteuerten. Sie würden sich nicht gegenseitig angreifen – das stände im Widerspruch zu ihrem Programm. Theoretisch würden sie den verbleibenden Treibstoff auch nicht dazu benutzen, das einzig übriggebliebene lohnende Ziel anzufliegen – die *Epsilon Sextans* selbst. Aber sowohl Craven als auch Grimes wußten, daß Theorie und Praxis nicht immer übereinstimmten. Es war schon vorgekommen, daß Schiffe durch ihre eigenen Raketen zerstört worden waren.

Zögernd drückte Grimes den Knopf, der die Selbstzerstörung auslöste. Er deutete auf das auf dem Schirm zu sehende Wrack und fragte den Kapitän: »Sollen wir die Überlebenden bergen, wenn es welche gibt, Sir?«

»Wenn es welche gibt«, knurrte Craven, »dann ist das ihr Pech. Nein – wir verfolgen das andere Schwein!«

18

Verfolgen . . .

Leichter gesagt als getan. Die zweite Fregatte hatte ihren Mannschenn-Antrieb gestartet und war in das verzerrte Kontinuum entkommen, wo ein Kontakt zwischen den Schiffen unmöglich war, es sei denn, daß eine Synchronisation der Zeitverzerrungsfelder hergestellt und aufrechterhalten wurde. Das Carlotti-Funkfeuer im Laderaum der *Epsilon Sextans* nützte überhaupt nichts; es war dafür konstruiert, von anderen Schiffen angepeilt zu werden, und nicht um als Richtungsweiser zu dienen. (Es konnte diese Aufgabe ohnehin nur dann wahrnehmen, wenn die Funkfeuer an Bord der waldegrenesischen Fregatten in Betrieb waren.) Weder Craven noch Grimes kannten sich mit dem Gerät gut genug aus, um die notwendigen Veränderungen vorzunehmen. Die Ingenieure des Interstellar-Antriebs dachten, daß sie es schaffen könnten, aber sie schätzten, daß es Tage bis Wochen dauern würde. Solange das Funkfeuer also arbeitete, war es nur dem Feind von Nutzen.

Deshalb wurde es außer Betrieb gesetzt.

Craven blieb nur eine Möglichkeit, die Verfolgung aufzunehmen – die psionische Ortung. Er bat den Funkoffizier zu sich und erklärte ihm die Lage. Der Telepath war ein junger Mann, hatte ein käsiges Gesicht und sah kränklich aus, war jedoch nicht dumm. »Glauben Sie, Kapitän«, fragte er sofort, »daß die anderen Offiziere und ich den Kampf fortführen wollen? Schließlich haben wir schon einen Erfolg. Wäre es nicht am klügsten, unseren Weg nach Waverley jetzt wieder aufzunehmen?«

»Meiner Meinung nach«, warf Baxter ein, der Jane Pentecoast auf die Brücke begleitet hatte, »und ich spreche auch im Namen der anderen Randweltler, ist jetzt, da die Dreckskerle auf der Flucht sind, der beste Zeitpunkt, sie noch einmal zu treffen. Hart zu treffen. Die Zeitverdreher denken so wie wir. Mit denen hab' ich schon gesprochen.« Er warf dem Telepathen einen stechenden Blick zu. »Unser schnüffelnder Freund hier müßte doch ganz genau wissen, wie die allgemeine Meinung aussieht.«

»Wir spionieren nicht in den Gedanken anderer Besatzungsmitglieder herum«, sagte der Funkoffizier steif. »Aber ich werde mich dem Willen der Mehrheit beugen.«

»Und die Befehle des Kapitäns spielen da keine Rolle?« erkundigte sich Craven mehr amüsiert als verärgert.

»Rechtmäßige Befehle, Sir?« fragte Grimes, der sich bis

jetzt in Schweigen gehüllt hatte.

»Halt deinen Mund!« fuhr ihn Jane Pentecoast an.

»Unglücklicherweise, Sir«, fuhr der junge Mann fort, »habe ich nicht die Ortungs-Fähigkeit. Wie Sie wissen, ist sie ziemlich selten.«

»Was können Sie denn *überhaupt* tun?« wollte Craven wissen.

»Sir, lassen Sie mich bitte ausreden. Das Gerät zur Psionischen Abschirmung – ich habe keine Ahnung, was es war, aber ich vermutete, es handelt sich um das Gehirn eines mir unbekannten Tieres – war in dem Schiff, das zerstört wurde. An Bord der anderen Fregatte befindet sich lediglich ein gewöhnlicher Telepath mit normaler Ausrüstung – er und eine Art organischer Verstärker. Er befindet sich noch immer in Reichweite, und ich kann seine Gedanken abhören . . .«

»Und was ist, wenn *er* die Ihren abhört?« fragte der Kapitän. »Selbst wenn Sie nichts übermitteln – und das werden Sie auch nicht tun, es sei denn, Sie bekommen einen Befehl von mir –, könnte er Gedankenfetzen von Ihnen auffangen. Und das gilt wohl für alle von uns.«

Der Telepath lächelte selbstzufrieden. »Das Ortungs-Talent ist nicht die einzige Gabe. Ich selbst kann so etwas wie eine Abschirmung errichten – wenn auch nicht von der Qualität, wie es das Ding an Bord der zerstörten Fregatte konnte. Ich gebe Ihnen mein Wort, Sir, daß dieses Schiff psionisch absolut still ist.« Er hob seine Hand, als Craven etwas sagen wollte. »Und jetzt, Sir, kann ich herausfinden, wo sich das Schiff befindet. Ich weiß bereits, daß ihr Mannschenn-Antrieb nicht mit voller Kraft arbeitet; er wurde während des Gefechts irgendwie beschädigt. Ich bin kein Navigator, Sir, aber ich glaube, daß wir ihnen auflauern können, wenn sie wieder in das normale Kontinuum eintritt.«

»Sie sind wirklich kein Navigator«, pflichtete ihm Craven bei. »Und ein Taktiker oder ein Stratege sind Sie auch nicht. Wir würden doch wohl ziemlich dumm dastehen, wenn wir über einer schwer befestigten Basis der Kriegsmarine wie auf dem Präsentierteller schwebten. Trotzdem . . .« Er strich sich mit seiner großen Hand über den Bart. »Ich nehme an, daß unsere kleinen Freunde ihr Ziel in der Nähe von Waldegren haben und einen entsprechenden Kurs steuern. Wenn Mr. Grimes so freundlich wäre, den Zielstern im Verzeichnis zu suchen . . .«

Grimes gehorchte. Er hatte seinen Protest ausgedrückt, und er mußte zugeben, daß auch er für eine Fortführung des Kampfes war. Es war eine Frage simpler Gerechtigkeit. Warum sollte das eine Schiff voller Mörder vernichtet werden, wenn das andere ungeschoren davonkam? Er hatte immer noch einige Zweifel an der Legalität all dessen, aber dadurch ließ er sich nicht beunruhigen.

Er half Craven, das Schiff auf den Zielstern auszurichten, einem gelben Lichtpunkt fünfter Größe. Er kümmerte sich um die Bordverständigung, während der Kapitän die Beschleunigung einleitete, und schaltete den Mannschenn-Antrieb ein, sobald sich das Schiff wieder im freien Fall befand. Als das Schiff auf Kurs war, erwartete er, daß der Alte den üblichen Befehl geben würde – ›Wir gehen jetzt auf normale Raumwachen, Mr. Grimes‹ – aber er irrte sich.

»Nun«, sagte Craven unheilverkündend.

»Nun *was*, Sir?«

»Sie haben ein kurzes Gedächtnis, Fähnrich. Ein ungemein bequemes kurzes Gedächtnis, wenn ich das sagen darf. Ich war zwar ehrlich beeindruckt, wie Sie mit den Geschützen umgingen, aber das hat keinen Einfluß auf das, was zuvor geschehen ist.«

Grimes errötete erbärmlich. Er wußte, worauf der Kapitän hinauswollte. Aber er spielte auf Zeit und fragte: »Was meinen Sie, Sir?«

Craven explodierte. »Was ich meine? Sie haben die Stirn, hier zu sitzen und mich das zu fragen! Ihre Schnüffelei, Sir. Ihr Eindringen in meine Privatsphäre. Ich werde es nicht Miss Pentecoast sagen; es wäre nicht nett, sie in Verlegenheit zu bringen. Aber . . .«

Grimes verkniff es sich, zu sagen, daß er Miss Pentecoast schon mit noch weniger bekleidet gesehen hatte, als er sie in der Kabine des Kapitäns unabsichtlich beobachtet hatte. »Ich kann es erklären, Sir«, murmelte er.

»Und ob Sie mir das erklären! Raus damit.«

»Nun, Sir, es war so. Ich wußte, daß wir über den Feind gestolpert waren – oder der Feind über uns. Ich hatte ›Alle Stationen auf Gefechtsbereitschaft‹ gegeben. Und als Sie dann nicht auf die Brücke kamen, dachte ich, daß Sie sich verletzt haben mußten, irgendwie ... Sie wissen, daß es solche Fälle schon gegeben hat. Und da dachte ich also, daß ich lieber mal nachsehe ...«

»Sie dachten ... *Sie* dachten. Ich sage nicht, daß Sie nicht fürs Denken bezahlt werden – denn genau dafür *wird* ein Offizier bezahlt. Aber Sie haben nicht intensiv genug nachgedacht, oder vielleicht auch einfach falsch gedacht.« Grimes wußte jetzt, daß Craven seine Erklärung akzeptierte und alles gut werden würde. Der Vollbart des Kapitäns konnte nicht den Anflug eines Lächelns verbergen. »Haben Sie jemals etwas von Sir Francis Drake gehört, Fähnrich?«

»Nein, Sir.«

»Er war Admiral – einer der Admiräle Königin Elisabeths. Der ersten Elisabeth, natürlich. Als die spanische Armada gesichtet wurde, rannte er nicht zu seinem Flaggschiff und brüllte ›Alle Stationen auf Gefechtsbereitschaft!‹ Er wußte, daß er Zeit hatte, und beendete also in aller Ruhe, was er gerade tat, bevor er die Segel setzen ließ.«

»Und was tat er gerade, Sir?« fragte Grimes unschuldig.

Craven durchbohrte ihn mit seinen Blicken und stieß dann hervor: »Er spielte Boccia.«

Plötzlich war das Eis gebrochen, und die beiden Männer brüllten vor Lachen. Zum Teil war die Anspannung des Gefechts dafür verantwortlich – aber eine größere Rolle spielte das Zusammengehörigkeitsgefühl, das es nur zwischen Menschen gleichen Geschlechts gibt, das Bekenntnis zu gemeinsamen Geheimnissen und gemeinsamen Erfahrungen.

Grimes wußte, daß Jane Pentecoast nicht für ihn bestimmt war – und wünschte Craven Glück mit ihr und Jane Glück mit dem Kapitän. Vielleicht hatten sie eine dauerhafte Verbindung geschlossen, vielleicht auch nicht – aber ganz gleich, seine besten Wünsche begleiteten sie.

Craven löste den Sicherheitsgurt.

»Normale Raumwache, Mr. Grimes. Ich glaube, Sie haben Wache.«

»Normale Raumwache, Sir«, bestätigte Grimes.

Ja, es war immer noch seine Wache (obwohl in der Zwischenzeit so viel passiert war). Er würde allerdings in weniger als fünfzehn Minuten abgelöst werden. Er war müde, in seinem ganzen Leben war er noch nie so müde gewesen. Er war müde, aber nicht unglücklich. Er wußte, die Tatsache, daß er Menschen getötet hatte, sollte schwer auf seinem Gewissen lasten – aber dem war nicht so. Diese Menschen waren selbst Mörder gewesen, und sie hatten eine wesentlich bessere Chance als alle ihre Opfer gehabt.

Er würde keine Träne um sie vergießen.

19

Craven kam zur Wachablösung auf die Brücke; Grimes übergab an Jane Pentecoast. Er wartete, bis die Routinehandlung abgeschlossen war, dann sagte er: »Wir wissen, wohin unsere Freunde unterwegs sind. Wie wir hatten sie ihren Kurs auf Waldegren gerichtet – aber sie mußten ihn ändern.« Er lachte rauh. »Auf ihrem Heimatplaneten muß die Hölle los sein.«

»Warum? Was ist passiert?« fragte Grimes.

»Das erzähle ich Ihnen später. Zuerst müssen wir jetzt unseren Kurs ändern. Suchen Sie bitte im Verzeichnis nach Dartura. Ich schalte inzwischen den Antrieb aus.«

Die *Epsilon Sextans* schwebte schwerelos in der normalen Raumzeit, bevor Grimes die notwendige Information gefunden hatte. Es folgte die Suche und schließlich die Identifikation des Zielsterns, dann brachten die Richtungsgyroskope das Schiff in die gewünschte Richtung. Craven beschleunigte kurz, und schließlich setzte wieder der Interstellar-Antrieb ein. Der Kapitän suchte sich mit großer Sorgfalt eine Zigarre aus und zündete sie an. Als der stechende Qualm sich auf der Brücke breitmachte, sagte er: »Mr. Summer ist ein guter Schnüffler. Vielleicht nicht so hervorragend wie manch andere Leute, aber . . .« Grimes errötete und Jane Pentecoast sah verwirrt den Kapitän an. »Er ist ungemein sensitiv. Er gab mir eine komplette Niederschrift aller Signale, die das Schiff verließen oder dort empfangen wurden. Wir benötigten eine Weile, sie zu verstehen – aber eigentlich nicht sehr lange. Die *Adler* – so heißt die Fregatte – *war* auf dem Weg nach Hause. Ihr Kapitän schickte einen ziemlich beschönigten Bericht über den Verlauf des Gefechtes an seinen Admiral. Anscheinend lauerte der *Adler* und der unglückseligen *Albatross* ein schwer bewaffneter Kreuzer des Überwachungsdienstes auf, der sich als unschuldiges Handelsschiff getarnt hatte. Seltsamerweise will der Admiral nun aber nicht, daß ein Geschwader des Überwachungsdienstes ein paar Atomeier auf seinen Stützpunkt legt. Deshalb wurde der *Adler* befohlen, sich in die Büsche zu schlagen, bis die Luft wieder rein ist . . .«

»Und das haben sie *unkodiert* gefunkt?« fragte Grimes. »Die müssen verrückt sein!«

»Nein, sie sind nicht verrückt. Die Funksprüche waren nicht unkodiert.«

»Aber . . .«

»Verläßlichen Handelskapitänen werden oft höchst vertrauliche Dokumente der Kriegsmarine anvertraut«, sagte Craven. »In meinem Safe an Bord der *Delta Orionis* befanden sich einige solche Dokumente für den Kommandanten der Lindisfarne-Basis. Der Offizier, der sie mir überbracht hat, ist ein alter Freund und Kamerad von mir, und er erzählte mir, daß sich unter diesen Papieren auch der vollständige Psionische Kode der Kriegsmarine von Waldegren befand. Nun, als ich beschloß, dieses Schiff zu übernehmen, wäre ich doch ein Dummkopf gewesen, wenn ich die Dokumente nicht fotokopiert hätte.

So kam das also. Herr Kapitän von Leidnitz glaubt, er kann seinen Vorgesetzten sagen, was er will, ohne daß es jemand abhört. Und die ganze Zeit über ...« Craven grinste wölfisch. »Anscheinend befindet sich ein kleiner Stützpunkt oder so etwas auf Dartura. Bloß ein paar Reparatureinrichtungen, vermutlich mit einigen Geschützbatterien zu ihrem Schutz. Ich kann mir vorstellen, welche Art von Besatzung dort den Laden schmeißt – übergangene Offiziere und ähnliches, auf jeden Fall nicht besonders intelligentes Personal. Bis wir dort sind, werden wir uns eine überzeugende Geschichte ausdenken – überzeugend genug, damit wir im Orbit bleiben können, bis die *Adler* auf der Bildfläche erscheint. Schließlich haben wir ihren kostbaren Kode. Warum sollten sie uns da verdächtigen?«

»Warum können *wir* nicht die *Adler* sein?« fragte Grimes.

»Was meinen Sie damit, Fähnrich?«

»Die Fregatten der Kriegsmarine von Waldegren sind äußerlich fast mit den Frachtern der *Epsilon*-Klasse identisch. Wir könnten das Schiff ein wenig tarnen, indem wir die äußeren Unterschiede mit einer Verkleidung beseitigen. Außerdem war die *Adler* in ein Gefecht verwickelt und hat einige Schäden abbekommen ...«

»Kompliziert«, überlegte der Kapitän. »Zu kompliziert. Und zwei *Adler* – anscheinend jede in kodierter, psionischer Funkverbindung sowohl mit Waldegren als auch mit Dartura ... Sie haben einen scharfen, ideenreichen Verstand, Grimes – aber ich fürchte, Sie haben sich da selbst überlistet.«

»Lassen Sie es mich erklären, Sir. Lassen Sie mich laut überlegen. Ein Schiff unter dem Mannschenn-Antrieb *kann* in ein Orbit um einen Planeten gehen, aber es ist nicht, ich wiederhole, *nicht* empfehlenswert.«

»Das will ich meinen.«

»Aber wir sind der *Adler* doch dicht auf den Fersen, oder? Ja? Dann können wir uns eine kurze Verzögerung leisten, um die Veränderungen, also die Verkleidungen, durchzuführen, die ich vorgeschlagen habe. Vierzig Lichtjahre sind schließlich ein ziemlich weiter Weg.«

»Aber welchen Vorteil gewinnen wir dadurch, Mr. Grimes?«

»Den Überraschungseffekt, Sir. Nach meiner Vorstellung würde das ungefähr so ablaufen: Wir verkleiden uns, so gut es geht. Durch die aufgefangenen und dekodierten Funksprüche erfahren wir die ungefähre Ankunftszeit der *Adler* – *und* die Koordinaten der Stelle, an der sie wieder in das normale Kontinuum eintritt. Wir versuchen, mehr oder weniger an derselben Stelle zu genau der gleichen Zeit zu sein. Und wenn die Küstenbatterien und Wachschiffe nicht weniger als zwei *Adler* sehen, die sich gegenseitig angreifen und beide in dem Geheimkode um Hilfe rufen, werden sie nicht wissen, auf wen von uns sie das Feuer eröffnen sollen.«

»Grimes«, sagte Craven langsam, »Ich wußte nicht, daß Sie solche Fähigkeiten besitzen. Ich kann nur sagen, daß ich froh bin, Sie auf *unserer* Seite zu haben.«

»Stehe ich auf *Ihrer* Seite?« fragte Grimes, der sich plötzlich wie ein Verbrecher fühlte, erstaunt. Er sah auf den Kapitän, der sich trotz allem nur wenig von einem Piraten unterschied, dessen Komplize er geworden war. Er schaute die Frau an, ohne die er jetzt nicht hier wäre. »Stehe ich auf *Ihrer* Seite? Verdammt noch mal, auf welcher Seite stehe ich eigentlich?«

»Sie gehen wohl besser in Ihre Unterkunft«, sagte Craven sanft. »Gehen Sie und nehmen Sie eine Mütze voll Schlaf. Sie brauchen ihn. Sie haben ihn sich verdient.«

»Jeremy«, sagte Jane Pentecoast zu Craven, »würdest du bitte für eine halbe Stunde oder so den Laden hüten? Ich begleite John.«

»Wie du willst, Liebling, wie du willst.«

Die Gewißheit in der Stimme des Kapitäns schmerzte. *Für uns spielt das gar keine Rolle,* ließ sie durchblicken. *Es kann keine Rolle spielen. Natürlich, Jane, mach das. Gib dem braven Hund einen Knochen . . . Wir haben genug.*

»Danke, nein«, sagte Grimes kühl und verließ die Brücke.

Aber hassen konnte er diese Menschen nicht.

20

Nach einem langen Schlaf fühlte sich Grimes besser. Nach dem Essen fühlte er sich noch besser. Es war ein gutes Essen, wenn auch ein großer Teil der Zutaten aus Dosen stammte. Cravens Prinzipien kamen ins Wanken, dachte der Fähnrich. Er war sich ziemlich sicher, daß Speisen wie Kaviar, Schnecken, Gänseleberpastete, Virginia-Schinken, Briekäse und in einem alkoholischen Getränk eingelegte Kirschen nicht zu den Notrationen von Schiffen der Kommission gehörten. Dies galt auch für den passablen Montrachet, obwohl er durch das Umfüllen von den Originalflaschen auf gewöhnliche Trinkbirnen ein wenig an Güte verloren hatte. Aber wenn der Kapitän entschieden hatte, daß er seinen Lohn wert war, und daß die Empfänger der Ladung ihren Teil zu diesem Lohn beitragen mußten, so war dies wohl sein Recht ...? Oder seine Verantwortung? Es spielte keine Rolle, wie man es bezeichnete.

Jane Pentecoast beobachtete ihn beim Essen. Während er seinen Kaffee trank, sagte sie: »Wenn unser junger Löwe mit dem Essen fertig ist, wird er auf der Brücke erwartet.«

Er schaute sie zugleich dankbar und argwöhnisch an. »Was habe ich jetzt wieder verbrochen?«

»Nichts, Liebling. Es wird nur besprochen, was du – oder besser gesagt wir – als nächstes tun.«

Er begleitete sie zur Brücke. Natürlich war Craven dort, und bei ihm standen Baxter und Summers. Der Kapitän genoß gerade eine seiner stinkenden Zigarren, und von der Unterlippe des Ingenieurs hing eine schlaffe, selbstgedrehte Zigarette. Der Telepath hüstelte jedesmal betont, wenn der beißende Rauch, der von beiden Männern ausging, in seine Richtung trieb. Keiner kümmerte sich darum, und auch Grimes ignorierte ihn, als er seine eigene Pfeife stopfte und entzündete.

»Ich habe über diesen Plan von Ihnen nachgedacht. Er ist wirklich gut«, sagte Craven.

»Danke, Sir.«

»Danken Sie mir nicht. Ich sollte Ihnen danken. Mr. Summers hat weiterhin sorgfältig alles abgehört, was an Bord der *Adler* vorging. Ihre Ankunftszeit ist tatsächlich so, daß wir unseren Antrieb ausschalten können, um die von Ihnen vorgeschlagenen Veränderungen vorzunehmen. Als erstes werden wir die Metallverkleidung mit Plastikplatten nachahmen – wir können den Schiffsrumpf nicht noch mehr ausschlachten – um den Namen und die Erkennungsnummer unseres Schiffes zu tarnen. Wir werden ebenfalls Plastik verwenden, um Raketenwerfer und Laserprojektoren zu imitieren – zum Glück haben wir genug davon in der Ladung.«

»Wir haben in der Ladung nicht nur Plastik gefunden«, warf der Ingenieur ein und leckte sich die Lippen.

»Das reicht, Mr. Baxter. Unter normalen Umständen hätte ich ein solches Vorgehen niemals geduldet . . .«

»Die Umstände sind aber nicht normal, Skipper, und wir alle wissen das verdammt gut.«

»Es reicht, sage ich.« Craven holte tief Atem und füllte die Luft auf der Brücke mit einer Rauchwolke, die, dachte Grimes, einen Laserstrahl auch noch aus nächster Nähe reflektieren würde. Summers erstickte beinahe, und Jane rief empört: »Jeremy!«

»Liebling, dies ist zufällig *meine* Brücke.« Er wandte sich wieder an den Fähnrich. »Es wird nicht notwendig sein, die echten Waffen woanders einzubauen. Sie funktionierten ziemlich effektiv, und werden das zweifellos wieder tun. Sobald ich den Antrieb ausgeschaltet habe, werde ich Ihnen die Wache übergeben. Sie haben sich ausgeruht und sind unverbraucht.«

»Kommen Sie«, sagte Jane zu Baxter. »Ziehen wir die Raumanzüge an und bringen wir die Platten aus der Schleuse.«

»Könnte nicht Miss Pentecoast die Wache übernehmen, Sir?« fragte Grimes. »Ich habe auf der Akademie den Tarnkurs besucht.«

»Habe ich auch, Mr. Grimes. Außerdem hat Miss Pentecoast Erfahrung mit Außenarbeiten, was Sie wahrscheinlich nicht haben.«

»Nein, Sir. Aber ...«

»Das wäre alles, Mr. Grimes.«

Auf Cravens Befehl hin wurde der Antrieb ausgeschaltet, und hinter den Sichtluken sahen die wenigen Sterne wieder wie Sterne und nicht wie pulsierende Farbspiralen aus. Sobald er allein auf der Brücke war, schaltete Grimes seine Bildschirme ein. Über das Funkgerät konnte er den Helmfunk der anderen abhören.

Diesmal bestand kein Risiko, daß er als Spanner beschimpft werden würde.

Er mußte die Geschicklichkeit bewundern, mit der die anderen Besatzungsmitglieder arbeiteten. Die Plastikplatten hatten natürlich keine Masse, aber es war schwierig, mit diesem Material zu arbeiten. Die Schweißbrenner glühten rötlich, als es zugeschnitten wurde, dann strahlten sie unsichtbar im Infrarotbereich, als es geformt und verschweißt wurde. In ihren unförmigen, schwerfälligen Raumanzügen bewegten sich die Arbeiter mit einer Eleganz, die in überraschendem Kontrast zu ihrer Kleidung stand – wie ein Weltraum-Ballett, dachte Grimes und war von seiner Wortgewandtheit überrascht. Aus dem Lautsprecher des Funkgeräts kamen Cravens knappe Befehle und die kurzen Antworten der anderen. *»Noch ein wenig auf diese Seite ... Ja, so ist's recht.« »Das reicht, Skipper.« »Nein, das reicht nicht. Sehen Sie sich doch nur Knick an!«* Dann hörte er Janes lachende Stimme. *»Unsere Geheimwaffe, Jeremy. Ein Laser, der um die Ecke schießt!« »In Ordnung, Miss Pentecoast. Biegen Sie ihn bitte gerade.« »Aye, aye, Sir. Kapitän, Sir.«* Die zwei Ingenieure des Interstellar-Antriebs arbeiteten schweigend aber rasch. An Bord des Schiffes waren nur Grimes und Summers, der Telepath.

Grimes fühlte sich ausgeschlossen, aber irgend jemand mußte wohl den Laden hüten. Es war jedoch mehr als unwahrscheinlich, daß ein Kunde kommen würde.

Plötzlich fuhr er in seinem Sitz zusammen. Eine der Gestalten in den Raumanzügen fiel vom Schiff weg und trieb hinaus, ein winziger, glitzernder Satellit, der die grellen Flutlichter reflektierte, ein kleiner, leuchtender Schmetterling, aufgespießt auf dem schwarzen Samt der Ewigen Nacht. Wer war es? Er war sich nicht sicher, es konnte Jane sein. Die interplanetaren Antriebe des Schiffes – Reaktions- und Trägheits-Antrieb – waren auf Fernbedienung umgeschaltet worden, der Reaktions-Antrieb kam aber nicht in Frage. Bevor er ihn starten konnte, mußte er mit den Richtungsgyroskopen das Schiff in die richtige Richtung bringen. Der Trägheits-Antrieb war jedoch wendiger.

»Haltet euch fest. Ich leite die Bergung ein«, sagte er in das Mikrofon des Funkgeräts.

Cravens Antwort kam sofort. »Halt, Grimes! Halt! Es besteht keine Gefahr.«

»Aber, Sir . . .«

»Halt!«

Grimes konnte die winzige Gestalt jetzt durch die Sichtluke sehen, sie schien sich jedoch nicht mehr weiter zu entfernen. Rasch überprüfte er es am Radarschirm. Die Entfernung und Richtung änderten sich nicht. Dann verringerte sich die Entfernung, die relative Richtung blieb jedoch gleich. Er hörte, wie Jane rief: »Ich hab's! Ich komme zurück!«

»Beeil dich – sonst verfolgt dich Grimes noch durch das ganze Universum!« antwortete Craven.

Grimes sah jetzt das leuchtende Flackern der Antriebseinheit des Raumanzugs.

Später betrachteten er und die anderen die Fotos, die Jane gemacht hatte.

Die *Epsilon Sextans* sah genauso aus, wie sie aussehen sollte – nämlich wie eine ziemlich mitgenommene Fregatte der Kriegsmarine von Waldegren.

21

Im Raum und in der Zeit war die *Epsilon Sextans* ihrem Ziel schon sehr nahe.

Die zwei Schiffe rasten ihrem Rendezvous entgegen – das eine wissentlich, das andere ahnungslos. Wären sie durch das normale Kontinuum geflogen, hätte gegen Ende der Reise kaum ein Haar Platz zwischen ihnen beiden gefunden, die Änderung einer Mikrosekunde ihrer Zeitverzerrungsfelder hätte zu einem unvermeidlichen Zusammenstoß geführt. Craven wußte dies aufgrund der Ergebnisse seiner eigenen Messungen und durch die verschlüsselten Positionsberichte, die alle sechs Stunden von der *Adler* ausgesandt wurden. Besorgt ließ er das Schiff zurückfallen, jedoch nicht mehr als einen halben Kilometer. Das würde reichen, und es bewirkte auch, daß ihn die Fregatte vor dem Feuer der Geschützbatterien auf dem Planeten decken würde.

Summers zeichnete auch weiterhin alles auf, aber außer den Positionsberichten konnte er dem Kapitän nur wenig Interessantes melden. »Der *Adler* hatte ein- oder zweimal versucht, mit dem Hauptstützpunkt auf Waldegren in Verbindung zu treten – aber außer dem strikten Befehl, auf dem vorgeschriebenen Kurs zu bleiben, ließ der Planet nichts verlauten. Die Leute der Dartura-Basis waren da gesprächiger. Dies war verständlich, denn auf dem Planeten gab es keine Kolonie. Die Stützpunktbesatzung mußte gelangweilt sein und sich nach neuen Gesichtern und dem Klang neuer Stimmen sehnen. Bald würden sie eine Abwechslung haben, versprach Craven grimmig.

Die zwei Schiffe fielen durch das verzerrte Kontinuum, und die pulsierende Lichtspirale, die die Sonne von Dartura war, wurde immer größer. Ihr Ziel lag noch Lichtjahre entfernt, aber die von dem Antrieb hervorgerufenen Verzerrungsfelder verursachten, daß die Tentakel der glühenden Gasschwaden schon nach ihnen zu greifen und sie in den Atomhochofen im Herzen des Sterns zu ziehen schienen.

Auf beiden Brücken folgte Wache auf Wache – aber die Gedanken und Hoffnungen der Wachhabenden waren nicht die gleichen. An Bord der *Adler* sehnte man sich nach Erholung und Entspannung – der Kapitän der *Adler* mußte jedoch fleißig mit dem Schreiben eines Berichtes beschäftigt sein, der ihn (wenn das überhaupt möglich war) von jeder Schuld an der Niederlage freisprach. An Bord der *Epsilon Sextans* herrschte der Gedanke auf Rache – zumindest was Craven, Baxter, Jane Pentecoast und die Überlebenden der ursprünglichen Besatzung anging. Und Grimes? Je näher die Stunde der Abrechnung rückte, desto mehr Zweifel kamen in ihm auf. Er wußte nicht, was er denken und fühlen sollte. Er spürte eine starke persönliche Loyalität gegenüber Craven – und selbst jetzt noch gegenüber Jane Pentecoast. Dann war da die Freundschaft und die gegenseitige Achtung, die zwischen ihm und Baxter entstanden war. Er wußte, daß die Besatzung der *Adler* nichts anderes als Piraten waren, Mörder, die ihre Verbrechen nicht wiedergutmachen konnten. Da war der Stolz, den er auf seine Fähigkeiten als Geschützoffizier empfand. (Aber unterschied er sich selbst denn von einem Piraten und Mörder? Die Ausübung seines Berufs auf einem Kriegsschiff wäre legal gewesen – aber hier, an Bord eines Handelsschiffes, das überdies noch ein getarntes Handelsschiff war, gab es doch Zweifel an der Legalität seines Handelns. Was waren seine Motive gewesen, als er sich freiwillig gemeldet hatte – was er als Offizier des Überwachungsdienstes nicht hätte tun dürfen – und was waren seine Motive jetzt?)

Grimes war nicht glücklich. Er hatte viel zuviel Zeit gehabt, über die Konsequenzen nachzugrübeln. Er war in allen Teilen des Verbrechens mitschuldig. Es war korrekt gewesen, als er versucht hatte, Craven daran zu hindern, das Eigentum des Überwachungsdienstes an Bord der *Delta Orionis* zu beschlagnahmen, aber nachdem ... nachdem er und Jane ... (und er gab zu, daß er diese Erinnerung behalten wollte, für immer, ebensosehr wie er die andere Erinnerung an das Bild von leuchtendem, nacktem Fleisch auf seinem

Schirm für immer vergessen wollte.)

Alles hatte so korrekt angefangen – und dann hatte er nicht nur beim Einbau der gestohlenen Waffen geholfen, sondern er hatte sie auch bedient. (*Und gut bedient*, rief er sich nicht ohne einen Anflug von Stolz ins Gedächtnis.) Hinzu kam noch, daß die Idee zur Tarnung der *Epsilon Sextans* von ihm stammte.

Kein Zweifel möglich, er steckte bis zum Hals in der Sache, und er hatte keine Lust, sich auszumalen, wie die Folgen für ihn aussehen würden.

Aber bald würde alles vorbei sein. Über den Ausgang des Gefechts machte er sich keine Sorgen. Der Überraschungseffekt wog mindestens ein Dutzend Rakentenwerfer auf. Die *Adler* würde keine Chance haben, ihre Laser einzusetzen.

Summer meldete, daß die *Adler* ihren Mannschenn-Antrieb ausgeschaltet und kurz in das normale Kontinuum eingetreten war, um die letzte Kurskorrektur vorzunehmen. Sie steuerte jetzt nicht mehr die Sonne von Dartura, sondern den Planeten selbst an – oder vielmehr die Stelle, an der der Planet sein würde, wenn sie wieder – zum letztenmal, besser gesagt – ins normale Kontinuum austrat. Die voraussichtliche Ankunftszeit und die Koordinaten der Stelle ihres Austritts wurden an die Basis durchgegeben. Die *Epsilon Sextans* nahm ihre eigene Kurskorrektur vor. Sie würde zur gleichen Zeit, aber einen halben Kilometer entfernt von der *Adler* auf den Bildschirmen der Raumüberwachung des Planeten erscheinen. Selbst mit Hilfe des Schiffscomputers war das eine knifflige Arbeit, aber der Kapitän schien zufrieden zu sein.

Das Rennen ging weiter und strebte seinem tödlichen Höhepunkt entgegen – tödlich für *eines* der beiden Schiffe. Summers berichtete, daß sich wie auf jedem Schiff kurz vor Ende einer Reise, die Spannung an Bord der *Adler* zu lösen begann. An Bord des Handelsschiffes wuchs die Spannung. Grimes wußte, die Ingenieure des Interstellar-Antriebs fühlten sich bei dieser Sache nicht wohler als er – aber sie konnten ebensowenig wie er einen Rückzieher machen. Craven wirkte ruhig und zuversichtlich, Baxter strahlte hämische Vorfreude auf das Gefecht aus. Jane Pentecoast stellte die Art von Hingabe zur Schau, die Grimes bei Frauen auf die Palme brachte. Verdrießlich überprüfte er immer wieder die Waffen und vertrieb sich so seine Zeit.

Dartura selbst war jetzt zu erkennen, jedoch nicht als winziger Lichtpunkt, sondern als glühender Kreis, der immer größer wurde. Die Zeit, die noch vor ihnen lag, schrumpfte zu einer Woche, zu Tagen, zu einem Tag, und schließlich zu Stunden ...

Dann zu Minuten ...

Zu Sekunden ...

Craven und Grimes waren auf der Brücke, die anderen auf ihren jeweiligen Positionen. Über die Bordverständigung hörten sie die Stimme des Telepathen: »Sie schalten den Antrieb aus ...«

»Antrieb ausschalten!« befahl der Kapitän.

Im Mannschenn-Maschinenraum verlangsamten sich die rotierenden Gyroskope, hörten schließlich ganz auf, sich zu drehen, und nahmen die massive Struktur an, die sie nur dann haben, wenn sie in Ruhe sind. Als das Zeitverschiebungsfeld aussetzte, herrschte für ungefähr zwei Sekunden ein zeitliches Chaos in den Gehirnen aller an Bord, und Vergangenheit, Gegenwart und Zukunft wurden unentwirrbar miteinander verstrickt. Dann schien trotz der Polarisation grell eine Sonne durch die Sichtluken, und genau vor dem Schiff tauchte ein großer, grün-oranger Planet auf. Da war ein Schiff ...

Da waren Schiffe – vorn, achtern, auf allen Seiten.

Da waren Schiffe – und aus dem Funkgerät dröhnte eine befehlsgewohnte Stimme, obwohl das Gerät ausgeschaltet war (aber eine Kriegsmarine konnte sich Induktionssender mit ihrem ungeheuren Energieverbrauch leisten): »*Inflexible* an *Adler*! Drehen Sie zur Durchsuchung Ihres Schiffes bei und lassen Sie sich widerstandslos festnehmen! Unternehmen Sie keinen Fluchtversuch – unsere Massefelder halten Sie fest!«

Dieser Effekt wurde fast völlig zerstört, als dieselbe Stimme verwirrt hinzufügte: »Ich glaube, ich sehe doppelt . . . Der Dreckskerl hat 'nen Zwillingsbruder!« Die Verwirrung hielt nicht lange an. »*Inflexible* an *Adler* und an das unidentifizierte Schiff. Drehen Sie zur Durchsuchung bei und lassen Sie sich widerstandslos festnehmen!«

»Nicht feuern, Mr. Grimes«, befahl Craven ruhig und verärgert. »Das ist der Überwachungsdienst.«

»Ich weiß«, antwortete Grimes – und drückte auf den Knopf.

22

Er wußte nie, warum er das getan hatte.

Als sie später darüber sprachen und er darüber nachdachte, stellte er eine Theorie auf, die mit den Tatsachen übereinstimmte. Während der kurzen Zeit nach dem Abschalten des Antriebs, während der wenigen Sekunden zeitlicher Verwirrung, hatte er eine Art Voraussicht gehabt. Er hatte gewußt, daß die *Adler* was auch immer geschehen mochte, einen letzten Widerstands- und Racheversuch unternehmen würde, genau wie der Kapitän oder der Geschützoffizier der *Adler* in diesem letzten Sekundenbruchteil gewußt haben mußte, daß die Stunde der Abrechnung gekommen war.

Er drückte auf den Knopf – und die Düsen in der Außenverkleidung versprühten das Reflektorgas, bauten den Schutzschirm auf, der rötlich aufglühte, als ihn die Laser der *Adler* trafen.

Aus dem Lautsprecher des ausgeschalteten Empfängers, des Empfängers, der ausgeschaltet sein *sollte*, dröhnte die Stimme des Admirals des Überwachungsdienstes: »*Adler*! Feuer einstellen! Verdammt noch mal, stellt das Feuer ein!« Es folgte eine Pause, dann fügte er hinzu: »Ihr habt es so gewollt!«

Sie hatten es so gewollt – und sie bekamen es. Der Lichtpunkt auf Grimes' Schirm, der die waldegrenesische Fregatte darstellte, verwandelte sich plötzlich in zwei kleinere Punkte, dann in vier. Der wallende Nebel vor den Sichtluken der *Epsilon Sextans* verlor seine Leuchtkraft und verblaßte zu einem düsteren Grau. Die Stimme aus dem Empfänger sagte kalt: »Und jetzt zu *euch*, wer ihr auch immer seid, ihr solltet euch jetzt verdammt schnell identifizieren.«

Craven schaltete das Funkgerät ein. Gefaßt sprach er in das Mikrofon. »Hier spricht die *Epsilon Sextans* der Interstellaren Transport-Kommission. Zielhafen Waverley mit normaler Ladung . . .«

»Zielhafen Waverley? Und was, zum Teufel, sucht ihr dann hier? Und was soll diese Bewaffnung?«

»Plastik«, antwortete Craven. »Plastikattrappen.«

»Und eure ALGS sind dann wohl auch aus Plastik, was? Komm, Jerry. Wir waren schon auf eurem alten Schiff, und obwohl dein früherer Maat nur zögernd bereit war zu reden, haben wir die Geschichte ungefähr von ihm erfahren.«

»Ich hab' mir doch gedacht, daß ich die Stimme kenne, Bill. Darf ich dir zu deinen verspäteten Anstrengungen gratulieren, die Piraten auszumerzen?«

»Und darf ich deinen Entschluß beklagen, das Gesetz in die eigenen Hände zu nehmen? Haltet euch zum Empfang der Entermannschaft bereit.«

Grimes schaute auf Craven, der in seinem Sitz zusammengesunken war. Der Vollbart des Kapitäns verbarg seinen Gesichtsausdruck. »Sir?« fragte der Fähnrich. »Was können sie tun? Was werden sie tun?«

»Sie sind doch unser Fachmann für Weltraumrecht und Vorschriften des Überwachungsdienstes, Mr. Grimes. Was wird Ihrer Meinung nach auf uns zukommen? Ein Orden – oder die standrechtliche Erschießung? Lob oder Tadel?«

»Sie kennen den Admiral, Sir?«

»Ja, ich kenne den Admiral. Wir sind alte Schiffskameraden.«

»Dann sollten Sie sicher sein.«

»Sicher? Das nehme ich doch an. Sicher vor dem Erschießungskommando – aber nicht sicher vor meinen Auftraggebern. Ich bin ein Handelskapitän, Grimes, und von Handelskapitänen erwartet man nicht, daß sie auf den Weltraumstraßen Ärger machen. Ich glaube nicht, daß sie es wagen, mich zu feuern – aber ich weiß, daß ich kein Kommando erwarten kann, das über ein Schiff der *Delta*-Klasse auf einer der langweiligeren Strecken hinausgeht.« Grimes sah, daß Craven lächelte. »Aber der Weg zu den Randwelten steht ja immer noch offen. Es bleibt immer noch die Sundowner-Linie und die Chance auf einen hohen Rang in der Kriegsmarine der Randwelten, wenn es sie jemals geben wird.«

»Sie haben . . . gewisse Beweggründe, Sir?«

»Ja, jetzt habe ich gewisse Beweggründe.«

»Ich dachte auch einmal«, sagte Grimes, »daß ich dasselbe von mir sagen konnte. Aber jetzt nicht. Nicht mehr. Trotzdem . . . Ich bin beim Überwachungsdienst, und darauf sollte ich stolz sein. Aber auf diesem Schiff, auf diesem Handelsschiff mit seiner zusammengeflickten Bewaffnung, haben wir gegen einen weit überlegenen Gegner gekämpft und gewonnen. Gerade vor einem Augenblick haben wir uns selbst gerettet. Wir, und nicht der Überwachungsdienst, haben uns gerettet.«

»Nun seien Sie nicht unloyal«, mahnte ihn Craven.

»Ich bin nicht unloyal, Sir. Aber . . . Ganz im Gegenteil, ich bin loyal. Sie sind der erste Kapitän, unter dem ich während eines Gefechts gedient habe. Wenn Sie zu den Randwelten gehen, möchte ich Sie begleiten.«

»Sie sind Offizier, Grimes. Sie wissen, daß Sie zehn Jahre lang dienen müssen, bevor sie quittieren können.«

»Aber ich bin doch tot.«

»*Tot?*«

»Ja. Erinnern Sie sich nicht? Ich trieb mich im Mannschenn-Maschinenraum herum und fiel in das Zeitverzerrungsfeld. Meine Leiche wurde noch nicht bestattet; sie befindet sich in einer versiegelten Metallkiste im Kühlraum. Sie kann nie identifiziert werden.«

Craven lachte. »Also eines muß ich Ihnen wirklich lassen, Sie sind erfinderisch. Aber wie erklären wir das Verschwinden des verstorbenen Mr. Wolverton? Und Ihre Anwesenheit auf diesem Schiff?«

»Ich kann mich verstecken, Sir, und . . .«

»Und während Sie sich verstecken, hecken Sie eine Geschichte aus, die alles erklärt. Ach, Grimes, Grimes – Sie sind ein Offizier, den ich am liebsten immer bei mir haben möchte. Aber ich will Ihrer Karriere nicht im Weg stehen. Alles, was ich für Sie tun kann und tun werde, ist, die Sache für Sie etwas auszubügeln. Der Admiral ist mein Freund, und das werde ich schon hinkriegen.«

Jane Pentecoast tauchte aus der Luke auf und betrat das Deck der Brücke. »Admiral Williams, Sir«, sagte sie zu Craven formell. Sie trat zur Seite, um Platz für den Kommandeur zu machen.

»Jerry, du verdammter Pirat!« donnerte Williams los, ein vierschrötiger, robuster Mann, dessen linke Brustseite mit Ordensbändern übersät war. Mit ausgestreckter Hand ging er auf den Kapitän zu.

»Freut mich, dich an Bord begrüßen zu dürfen, Bill. Fühl dich wie zu Hause – du darfst auf den Boden spucken und der Katze auf den Schwanz treten!«

»Nicht schon wieder!« stöhnte Grimes.

»Und wer ist dieser junge Mann?« fragte der Admiral.

»Ich schulde dir – oder dem Überwachungsdienst – eine Erklärung, Bill. Das ist Fähnrich Grimes, der ein Passagier an Bord der *Delta Orionis* war. Ich fürchte, ich habe ihn . . . äh . . . in meinen Dienst gepreßt. Aber er war sehr . . . hilfsbereit? Oder nicht hilfsbereit! Was ist dir lieber?«

»Da wir uns mit Waldegren im Krieg befinden, würde ich hilfsbereit mit Einschränkungen vorziehen. Übrigens, war er es, der die ALGS einsetzte? Ihr verdammtes Glück, daß er das getan hat.«

»Krieg mit Waldegren?« fragte Jane Pentecoast. »Also unternehmen Sie endlich etwas!«

Der Admiral hob die Augenbrauen.

»Sie stammt von den Randwelten«, erklärte Craven. »Aber ich selbst werde auch bald ein Randweltler sein.«

»Das ist klug, Jerry. Ich habe da so eine Ahnung, daß die Kommission von deiner Kaperfahrt, oder was es auch immer war, nicht sehr begeistert ist, und meine eigenen Herrn und Meister brechen auch nicht gerade in Jubel aus. Du machst dich besser aus dem Staub, bevor die Rechtsanwälte sich einigen können, welche Verbrechen du begangen hast.«

»Steht es so schlecht?«

»Es steht so schlecht.«

»Und was machen wir mit Grimes hier?«

»Den nehmen wir zurück. Sechs Monate strengster Disziplin an Bord meines Flaggschiffes sollten allen Schaden, den du und deine Ideen angerichtet haben, wieder ausbügeln. Und jetzt, Jerry, hätte ich gern deinen vollständigen Bericht.«

»In meiner Kabine, Bill. Reden macht durstig.«

»Dann geh voraus. Es ist dein Schiff.«

»Und es ist Ihre Wache, Mr. Grimes. Ich verlasse mich darauf, daß dem Schiff nichts passieren wird, während wir uns unterhalten.«

Grimes saß mit Jane Pentecoast auf der Brücke. Er hätte durch die Sichtluken den Bergungsteams zusehen können, wie sie die Überlebenden aus dem Wrack der *Adler* herauszogen; er hätte auch die drohend aufragende Masse von Dartura anstarren können. Aber das tat er nicht, und er blickte auch nicht auf die Instrumente.

Er schaute Jane an. Es gab so viel von ihr, das er in seiner Erinnerung behalten wollte – und trotz allem so wenig, das er vergessen wollte.

Die Bordverständigung summte. »Mr. Grimes, würden Sie bitte Ihre Sachen zusammenpacken und sich darauf vorbereiten, mit dem Admiral auf das Flaggschiff überzuwechseln? Übergeben Sie die Wache an Miss Pentecoast.«

»Aber dann werden Sie zu wenig Leute haben, Sir.«

»Der Admiral leiht mir ein paar seiner Offiziere für den Rest der Reise aus.«

»Gut, Sir.«

Grimes machte keine Bewegung. Er sah Jane an – eine irgendwie ältere, müdere, eine menschlichere Jane als die junge Frau, der er am Anfang begegnet war. »Ich wäre gern mit dir zu den Randwelten gegangen . . .«

»Das ist nicht möglich, John«, sagte sie.

»Ich weiß. Aber . . .»

»Du solltest packen.«

Er löste den Sicherheitsgurt und ging zu ihrem Platz. Er küßte sie. Sie erwiderte den Kuß, aber mit Liebe oder gar Leidenschaft hatte dies nichts zu tun.

»Adieu«, sagte er.

»Nein, nicht Adieu. Wir sehen uns auf den Randwelten, irgendwann.«

Mit einer Bitterkeit, die er sein Leben lang bereuen sollte, entgegnete er: »Kaum.«

John Grimes

Autobiographische Notizen

Unglücklicherweise läßt sich kein detailliertes Bild von Grimes' Kindheit zeichnen, da viele Urkunden durch das Absinken Zentralaustraliens 375 A.G. zerstört wurden. Es ist jedoch bekannt, daß er in der Stadt Alice Springs am 28. Primus 259 geboren wurde. Sein Vater war George Whitley Grimes, ein mäßig erfolgreicher Autor historischer Romane. Seine Mutter – die es vorgezogen hatte, ihren Mädchennamen nach der Heirat beizubehalten – war Matilda Hornblower, eine Ingenieurin für Solarheizungsbau.

Soweit feststellbar, war keiner von Grimes' Vorfahren Astronaut. Im Stammbaum der Familie stößt man jedoch auf einige Seefahrer. So hat es ein gewisser Roger Grimes, ein unbedeutender Pirat des Siebzehnten Jahrhunderts (Alte Terranische Zeitrechnung) zu dem zweifelhaften Ruhm gebracht, auf seiner eigenen Brücke gehängt zu werden, als Admiral Blake seinen erfolgreichen Feldzug gegen die Korsaren begann, die damals das Mittelmeer unsicher machten. (Es mag merkwürdig erscheinen, daß ein britischer Seemann ein barbarischer Pirat war – aber ein Chandler dieses Jahrhunderts erreichte diese Ehre.) Ein anderer Grimes war im Zwanzigsten Jahrhundert Kapitän eines mechanisch angetriebenen Schiffes, das zwischen der australischen Küste und Tasmanien pendelte. Keiner der seefahrenden Grimes erreichte jedoch den Ruhm jenes berühmten Vorfahren mütterlicherseits, Admiral Lord Hornblower, Royal Navy.

In einem anderen Jahrhundert hätte sich der junge Grimes vielleicht zur See auf Abenteuersuche gemacht. Er wollte ohnehin *Handelsraumfahrer* werden. Seine Mutter war sich jedoch der Tradition in ihrer Familie bewußt, zur Kriegsmarine zu gehen und bestand darauf, daß er sich bei der Akademie für Raumfahrt des Überwachungsdienstes der Föderation in Antarktika bewarb. Er bestand mit Ach und Krach die Prüfungen und wurde ordnungsgemäß als Kadett von diesem Institut zur Ausbildung von Astronauten angeworben.

Auf der Akademie erbrachte er in manchen Fächern gute Leistungen, in anderen schlechte. Das Navigations- und Geschützwesen schien ihm in die Wiege gelegt worden zu sein, aber Technik war sein Schwachpunkt. Es war zwangsläufig, daß er, nachdem er Offizier geworden war, in die Truppengattung der Raumfahrer eintrat. Angeblich unwesentliche Kurse wie Geschichte und Literatur faszinierten ihn. Allen Mannschaftssportarten ging er so gut es ging aus dem Weg; er zog Sportarten wie Heißluftballonfahren oder Eissegeln vor, wo er jederzeit sein eigener Herr war. Er schuf sich wenige wirkliche Freunde, aber auch nur einen Feind, nämlich Francis Delamere. Delamere war Grimes während seiner ganzen Laufbahn im Überwachungsdienst der Föderation ein Dorn im Auge.

Nach der Beförderung vom Kadett zum Leutnant, die Grimes als Dreiundzwanzigster von fünfzig Kadetten in seiner Klasse bestand, schifften sich Grimes und seine Klassenkameraden in einem altersschwachen Kreuzer der Städteklasse, der *Canberra*, ein und begaben sich auf die Übungsreise, die erweisen würde, ob die jungen Männer die nächste Stufe auf der Beförderungsleiter, vom Leutnant zum Fähnrich, erklimmen würden. Kapitän Joachim Strasser, ein pedantischer Zuchtmeister und Perfektionist, führte das Kommando auf der *Canberra*. Sowohl Grimes als auch Delamere kamen bald nach Beginn der Reise auf die Schwarze Liste des Kapitäns. Grimes machte die Fehler jedoch durch seine Erfindungsgabe wieder wett, indem er mit reichlich ungewöhnlichen Materialien den Trägheits-Antrieb eines Beibootes reparierte, in dem er und andere Leutnants sich zur Basis auf Callisto durchschlagen mußten. (Obwohl er zeitlebens kein Ingenieur war, hielt er sich immer seine Fähigkeit zugute, einen funktionsfähigen Notbehelf mit allem, was gerade zur Verfügung stand, konstruieren zu können.) Delamere, der das Kommando über das Boot hatte, führte sich während dieses Notfalls sehr unkameradschaftlich auf. Wäre Delameres Mutter nicht eine sehr gute Freundin eines bestimmten Admirals gewesen, hätte dies das Ende für seine Karriere bedeutet.

So aber erhielten sowohl Delamere als auch Grimes ihre Beförderungen zum Fähnrich. Zusammen mit den anderen frisch gebackenen Offizieren reiste Delamere mit dem Überwachungsdienst-Transporter *Robert Heinlein* von der Erde zur Lindisfarne-Basis. Grimes mußte damals Sonderurlaub aus familiären Gründen nehmen; sein Vater hatte sich ernstlich verletzt, als er bei den Recherchen zu einem Westernroman das Ziehen eines antiken Revolvers übte. Als Grimes senior sich wieder auf dem Weg der Besserung befand, meldete sich Grimes junior wieder zum Dienst zurück und erhielt den Befehl, sich als Passagier der *Delta Orionis* der Interstellaren Transport-Kommission auf den Weg zur Lindisfarne-Basis zu machen.

Der Bericht von der Reise der *Delta Orionis* kann in *The Road To The Rim** nachgelesen werden. Die *Delta Orionis* stand unter dem Kommando von Kapitän J. Craven (später Kommodore Craven von der Kriegsmarine der Randwelten), der damals den Dienstgrad eines Reserveoffiziers des Überwachungsdienstes der Interstellaren Föderation bekleidete. Die *Delta Orionis* eilte der von Piraten überfallenen *Epsilon Sextans* zu Hilfe, jedoch zu spät, um mehr als nur eine Handvoll der Besatzungsmitglieder zu retten. Cravens Handlungsweise war von ›zweifelhafter‹ Legalität – er bemannte das Wrack mit einer Prisenmannschaft und bewaffnete es mit Waffen des Überwachungsdienstes, die er sich aus der La-

---

* Abenteuer Randwelt 1: Grimes reist in die Unendlichkeit. Goldmann SF-Abenteuer-Roman 23756.

dung der *Delta Orionis* ›borgte‹. Grimes, der eben eine Ausbildung als Geschützoffizier hinter sich hatte, unterstützte den Kapitän bei dem Unternehmen, das im wesentlichen ein persönlicher Racheakt war. (Der Proviantmeister der *Epsilon Sextans*, die sich unter den Toten befand, war die Geliebte Cravens gewesen.)

Dies hätte sehr wohl ein Himmelfahrtskommando sein können – das Piratenschiff war in Wirklichkeit eine schwerbewaffnete Fregatte der Kriegsmarine von Waldegren –, wenn nicht ein Geschwader des Überwachungsdienstes eingegriffen hätte. Nichtsdestotrotz erfüllte Grimes seine Pflichten ordnungsgemäß unter dem Kommando von Craven. Der Admiral, der den Kampfverband leitete, war ein alter Freund Cravens und schloß sich der Ansicht des Vorgesetzten von Grimes an. Dies schadete ihm natürlich nicht gerade.

Eine Zeitlang verlief Grimes' Laufbahn beim Überwachungsdienst ziemlich ereignislos. Anfangs erfolgten die Beförderungen fast automatisch – vom Fähnrich zum Oberleutnant, dann zum Kapitänleutnant. Als solcher diente er unter Kapitän Daintree auf dem Schiff der Zodiakus-Klasse *Aries*. Er befand sich auf diesem Schiff, als es auf El Dorado anlegte, einer Welt, die in der ganzen bekannten Galaxis ›der Midas-Planet‹ genannt wurde *(To Prime The Pump** El Dorado plagte ein großes Problem. Aus gewissen Gründen war den Menschen eine Empfängnis auf diesem Planeten nicht möglich, und die meisten der Einwohner waren Träger alter Familiennamen, die sie unbedingt vererben wollten.

Die Lösung war unglaublich einfach, obwohl gewiß nicht offensichtlich. Bis zum Zeitpunkt des Besuchs der *Aries*, war noch kein Mensch auf El Dorado gestorben. Wie auf allen bewohnten Welten, gab es ein Reservoir mit Lebenssubstanz, das darauf wartete, angezapft zu werden, aber zuerst mußte

* Abenteuer Randwelt 2: Grimes auf El Dorado. Goldmann SF-Abenteuer-Roman 23757.

der Kreislauf in Gang gebracht werden. Grimes war das dafür ausersehene Menschenopfer, statt dessen verursachte er jedoch den gewaltsamen Tod eines örtlichen Granden, des Comte Henri de Messigny. Der Kreislauf begann. Grimes wurde Vater des ersten auf El Dorado geborenen Kindes, die Mutter war Prinzessin Marlene von Stolzberg. Sie sagte ihm, er sei auf El Dorado jederzeit willkommen, sobald er seine erste Milliarde Kredits gemacht hätte.

Nach seiner Dienstzeit auf der *Aries* wurde Grimes auf die *Pathfinder* abkommandiert, einem Schiff des Überwachungsdienstes unter einem gewissen Kapitän Tolliver. *(The Hard Way Up**)*. Auf der *Pathfinder* begegnete er zum erstenmal Fregattenkapitän (Dr.) Maggie Lazenby, einer der wissenschaftlichen Offiziere des Überwachungsdienstes. Obwohl Grimes und Maggie Lazenby nie heirateten – oder zumindest nie auf dem Zeitstrom heirateten, auf dem die meisten Grimes-Stories spielen –, übte sie wohl den bedeutendsten Einfluß in seinem Leben aus. Grimes machte sich bei Kapitän Tolliver alles andere als beliebt, der deshalb nach Beendigung der Reise auf Versetzung dieses immer Ärger verursachenden jungen Offiziers bestand. In vieler Hinsicht war dies ein Glück für Grimes, da es bedeutete, daß er ein eigenes Kommando über ein kleines Kurierschiff der Serpentis-Klasse, die *Viper*, bekam. Mit der *Viper* landete er immer im dicksten Schlamassel, und Kommodore Damien, der Kommandeur der Kurierschiffe, war mehr als erfreut, als Grimes durch die Beförderung zum Korvettenkapitän, die er durch die reinste Erpressung erhalten hatte, einen zu hohen Rang für ein solch kleines Schiff innehatte.

Während er auf seinen nächsten Auftrag wartete, war Grimes auf der Lindisfarne-Basis stationiert *(The Broken Cycle***

---

* Abenteuer Randwelt 3: Grimes macht Karriere. Goldmann SF-Abenteuer-Roman 23758.
** Die weiteren deutschen Titel der Serie sind noch nicht festgelegt. Alle Abenteuer der Randwelten werden in der hier beschriebenen Abfolge unter dem Serientitel »Abenteuer Randwelt« in der Goldmann SF-Abenteuer-Serie sukzessive erscheinen.

Dort lernte er den Marshall Una Freeman kennen, eine Polizistin, die sich auf Piraterie und Schiffsentführungen spezialisiert hatte. Er wurde unter ihr Kommando gestellt, um ihr bei der Bergung des entführten Linienschiffes *Delta Geminorum* zu helfen, das jetzt ein verlassenes Wrack war. Grimes' alter Feind, Francis Delamere, hatte die Aufgabe, Grimes, Una und ihre Prisenmannschaft mit seinem Kurier-Schiff der Lizard-Klasse, der *Skink*, zu dem Handelsschiff zu bringen. Das Rendezvous zwischen den beiden Schiffen fand statt; Grimes und Una Freeman gingen als erste an Bord, um die Schreckladungen zu entschärfen, welche die Piraten an Bord des Schiffes zurückgelassen haben könnten. Als ihr Beiboot dem Wrack sehr nahe gekommen war, explodierte eine thermonukleare Bombe. Da sowohl das Beiboot wie auch das Schiff unter Interstellar-Antrieb standen und ihre Zeitverschiebungsfelder synchron waren, wurde das Boot nicht zerstört, sondern in ein Alternativuniversum geschleudert. Delamere, der sie von seinen Schirmen verschwinden sah, nahm jedoch nur zu schnell an, daß sein alter Feind und die Frau, die seine Annäherungsversuche entschieden zurückgewiesen hatte, tot waren.

In diesem Alternativuniversum hatte ein furchtbarer Krieg gewütet, der alles organische Leben ausgelöscht hatte. Künstliche Intelligenzen – Roboter – hatten überlebt, und einer von diesen, der sich als eine Art Gott betrachtete, war fest entschlossen, der menschlichen Rasse einen neuen Anfang zu ermöglichen. Grimes und Una wurden gefangengenommen und dann in der Rolle von Adam und Eva auf einen paradiesischen Planeten versetzt.

Nachdem der Reiz des Neuen abgeklungen war, waren die beiden alles andere als glücklich miteinander, und schon gar nicht mit dem Robotergott, der sie in seinem Zorn in ihre eigene Raumzeit zurückschleuderte.

(Una Freeman, die plötzlich eine große Abneigung gegen Raumfahrer entwickelt hatte, kündigte ihren Posten als Marshall und kehrte in den gewöhnlichen Polizeidienst zurück. Als Polizeichefin von Port Southern auf Austral erlangte sie traurige Berühmtheit für ihr Schikanieren von Astronauten auf Urlaub, die sich in dem Amüsierviertel dieser Stadt ein wenig Spaß verschaffen wollten.)

Kurz nach seiner Rückkehr zur Lindisfarne-Basis erhielt Grimes sein nächstes Kommando. Sein Schiff war die *Seeker*, wie die Pathfinder eher ein Forschungs- als ein Kriegsschiff. *(False Fatherhood/Spartan Planet)* Mit ihr entdeckte er zufällig eine vergessene Kolonie, die sich selbst Neu-Sparta nannte. Zu dem Zeitpunkt, als die *Seeker* landete, befand sich Neu-Sparta am Rande einer Revolution. Die Ankunft von Fremden auf dem Planeten war der Auslöser zum Ausbruch der Umsturzbewegung. Von Maggie Lazenby ermutigt, beging Grimes das unverzeihliche Verbrechen (nach Ansicht der Zentralregierung auf der Erde), sich einzumischen, wenn auch einige Mitglieder der Admiralität sein Eingreifen für gerechtfertigt hielten.

Als die *Seeker* zur Lindisfarne-Basis zurückkehrte, wurde sie sofort wieder auf den Weg geschickt, um eine andere Kolonie, über die sich hartnäckige Gerüchte hielten, zu finden und für die Föderation in Besitz zu nehmen. *(The Inheritors)* Diese Welt, Morrowia, wurde von Lebewesen scheinbar menschlicher Abstammung bewohnt, deren Vorfahren in Wirklichkeit jedoch Katzen waren, die Produkte eines Dr. Morrow, eines Genetikingenieurs, der zu den wenigen Überlebenden der verunglückten *Lode Cougar* zählte. Ein Schiff der Dog-Star-Linie entdeckt, daß sich ihre Vertreter sowie Kapitän Drongo Kane, eine Art Pirat, dem die *Southerly Buster* gehörte, auf Morrowia herumtrieben. Mit Hilfe von Maggie Lazenby konnte Grimes Kanes Pläne zunichte machen, mit den Bewohnern von Morrowvia einen gewinnträchtigen Sklavenhandel anzufangen, aber er konnte nicht verhindern, daß die Dog-Star-Linie den bis dahin unverdorbenen Planeten in ein Ferienparadies verwandelte, das von den Vergnügungsschiffen dieser Firma angelaufen wurde.

Die *Seeker* kehrte zur Lindisfarne-Basis zurück. Einige von Grimes' Vorgesetzten waren mit seinem Verhalten auf Morrowvia einverstanden, andere nicht. Er wurde zwar zum Fregattenkapitän befördert, er erhielt jedoch das Kommando über ein als mißliebig bekanntes Schiff, dessen Besatzung und Offiziere aus den schwierigsten Eigenbrötlern und unfähigsten Tölpeln des Überwachungsdienstes bestand. Mit diesem Schiff, der *Discovery*, sollte er auf die Suche nach einer weiteren vergessenen Kolonie gehen, über die einige ungenaue Gerüchte in Umlauf waren. *(The Big Black Mark)* Die *Discovery* war kein glückliches Schiff, aber es gelang Grimes, sie einigermaßen in die richtige Form zu bringen. Auf New Maine - der Welt, die während dieses Einsatzes seine Operationsbasis sein sollte - hatte er Glück und traf den Kapitän eines Trampschiffes, der ihm einige Informationen über die vergessene Kolonie geben konnte.

Der erste von der *Discovery* nach Verlassen von New Maine untersuchte Planet war jedoch nicht eine vergessene Kolonie, obwohl er von einer intelligenten humanoiden Rasse bewohnt war, deren Technologie den Stand von Dampfmaschinen, Luftschiffen und Feuerwaffen erreicht hatte. Unglücklicherweise kam es zu einem Zwischenfall zwischen den Terranern und den Eingeborenen. Der Major der Marineinfanteristen eröffnete entgegen Grimes' Befehl das Feuer auf ein Luftschiff und zerstörte es mitsamt seiner Besatzung. Unabsichtlich zerstörte Grimes während des hastigen Starts ein weiteres Luftschiff, das unter das Heck der Discovery flog, als der Reaktions-Antrieb in Betrieb war.

Nach einer kurzen Reise wurde die echte vergessene Kolonie entdeckt. Sie hieß Botany Bay, so genannt von den Überlebenden der verunglückten *Lode Wallaby*. Es war eine sehr angenehme Welt, die eine komplette Nachbildung des Australiens des Zwanzigsten Jahrhunderts (Alte Zeitrechnung) darstellte. Es war eine *zu* angenehme Welt. Die Besatzung der *Discovery* verließ sie nur sehr zögernd. Grimes war nicht eben beliebt, als er den Befehl zum Start des Schiffes gab.

Der Ärger begann auf der Heimreise zur Lindisfarne-Basis. Alle Besatzungsmitglieder hatten Vorräte des hiesigen Tabaks an Bord geschmuggelt, der unter anderem auch ein starkes Aphrodisiakum war. Grimes befahl eine Durchsuchung des Schiffes, nachdem das Verhalten einer Stewardeß es offensichtlich gemacht hatte, daß eine gewisse Menge dieser Droge an Bord sein mußte. Dies löste eine Meuterei aus. Grimes und zwei loyale Offiziere – der Schiffsarzt und der Psionische Funkoffizier – wurden in einem der Rettungsboote des Schiffes ausgesetzt, in dem sowohl der winzige Mannschenn-Antrieb als auch das Carlotti-Funkgerät unbrauchbar gemacht worden waren. Sie wurden jedoch von einem der wenigen Handelsschiffe aufgenommen, das einen Psionischen Funkoffizier beschäftigte.

Er wurde zur Lindisfarne-Basis gebracht. Nachdem er seinen vorläufigen Bericht abgegeben hatte, wurde er mit dem Zerstörer *Vega*, der unter dem Kommando seines alten Feindes Francis Delamere stand, zurück nach Botany Bay geschickt. Auf Botany Bay wandte Delamere unnötige Gewalt an, um die Meuterer auszuheben und machte sich so die Zivilverwaltung zum Feind. Grimes hatte einige Freunde unter ihnen und vermutete, daß die Meuterer einen Fluchtversuch unternehmen würden, unterließ es aber, Delamere davor zu warnen. Die Meuterer konnten sich wieder der *Discovery* bemächtigen und starteten – jedoch nicht ohne zuvor durch geschicktes Anbringen eines Stoßes von der Seite die *Vega* umzuwerfen, so daß die Verfolgung nicht aufgenommen werden konnte, bis sie wieder aufgerichtet wurde. Grimes quittierte hastig den Dienst, denn er wußte genau, daß ihn bei seiner Rückkehr zur Lindisfarne-Basis ein Kriegsgericht erwarten würde.

Er hatte einige gute Freunde auf Botany Bay, unter ihnen auch Mavis, die Bürgermeisterin von Paddington. Sie ernannte ihn zum Hafenkapitän – jetzt, da Botany Bay wiederentdeckt worden war, erwartete man interstellaren Verkehr. *(The Far Traveller)* Das erste Schiff, das auf dem Raumhafen von Paddington landete – nach der *Discovery* und *Vega* –, war die *Far Traveller*, eine Weltraumyacht, die auf Electra aus einem Goldisotop gebaut worden war und von einem Computer gesteuert wurde, dessen Spitzname Große Schwester war. Sie gehörte der unglaublich reichen Baronin Michelle d'Estang von El Dorado und wurde offiziell von einem gewissen Kapitän Billings kommandiert, der bis vor kurzem noch Zweiter Maat auf einem Schiff der Dog-Star-Linie gewesen war. Die Baronin – obwohl sie reich war, hatte sie nichts gegen ein paar Kredits extra einzuwenden – war damit einverstanden, daß die *Far Traveller* dazu benutzt wurde, die *Vega* wieder in eine senkrechte Lage zu bringen. Grimes überwachte diese Arbeit. Sobald das Schiff wieder eine funktionstüchtige Kampfmaschine war, tauchte Delamere auf und verhaftete Grimes in der Absicht, ihn zur Lindisfarne-Basis zu bringen und vor Gericht zu stellen. Die örtliche Polizei, mit der Grimes auf nicht besonders gutem Fuße stand, machte keinen Versuch einzugreifen. Es war die Baronin – und Große Schwester –, die ihn retteten. Kapitän Billings, der nicht der richtige Mann für den Posten des Kapitäns einer Weltraumyacht war, kündigte, damit er Grimes' Posten als Hafenkapitän übernehmen konnte. Die Baronin stellte Grimes als Kommandeur ihrer Yacht ein. Er bemerkte jedoch bald, daß er zwar dem Namen nach Kapitän des Schiffes war, in der Praxis sich jedoch Große Schwester um *alles* kümmerte.

Die *Far Traveller* besuchte mehrere Planeten – die Baronin sammelte Material für eine Doktorarbeit über die Gesellschaftsentwicklung auf vergessenen Kolonien –, darunter auch Morrowvia, wo Grimes wieder mit Drongo Kane aneinandergeriet. Trotz der Tatsache, daß die Baronin sehr von diesem faszinierenden Gauner angezogen wurde, gelang es Grimes – mit Hilfe von Großer Schwester, die Kane ebenfalls nicht mochte –, Kanes raffinierten Plan, den Planeten in seine Gewalt zu bekommen, zu vernichten.

Kurz danach begegnete die *Far Traveller* einem unglaublich alten Kriegsschiff, einem Relikt einer längst untergegangenen Zivilisation. Das »Gehirn« dieses Schiffes, seit Jahrtausenden schlafend, erwachte, und Große Schwester, die endlich auf einen ihrer Art traf, verliebte sich. Aber das Kriegsschiff mit seiner phantastischen Bewaffnung war ehrgeizig, und hatte vor, auf einen Eroberungsfeldzug zu gehen. Als es zum Äußersten kam, hielt Große Schwester ihren menschlichen Erbauern die Treue und nicht ihrem Robot-Gefährten. Sie zerstörte das Kriegsschiff und leitete dann ihre eigene Selbstvernichtung ein. Grimes und die Baronin konnten in der großen, weltraumtauglichen Pinasse entkommen. Die Baronin legte ihre Reserviertheit gegenüber Grimes ab, aber bevor die Sache zu ihrem logischen Schluß kommen konnte, tauchte der verhaßte Drongo Kane mit seiner *Southernly Buster* auf, und Michelle beschloß, die Liebesaffaire fortzusetzen, die auf Morrowäia begonnen hatte.

Sie erwies sich jedoch nicht gerade als undankbar und überließ Grimes als Abschiedsgeschenk die Pinasse, die wie das Mutterschiff aus einem Goldisotop hergestellt worden war.

Grimes nannte sein neues Schiff *Kleine Schwester (Star Courier)*. Er beschloß, sich seinen Lebensunterhalt als Schiffseigner und Kapitän zu verdienen und einen Kurierdienst aufzubauen. Sein erster Auftrag war der Transport eines sehr wichtigen Pakets von Tiralbin nach Boggarty. Die Postministerin von Tiralbin begleitete ihn auf dieser Reise; dies sei (so dachte sie) eine interessante Art, ihren langen Urlaub zu verbringen. Es stellte sich als viel *zu* interessant heraus. Die *Kleine Schwester* wurde von einem Kriegsschiff der Shaara unter dem Befehl einer Piratenkönigin aufgebracht, die auf dem Weg nach Darijja war, einer unbedeutenden Welt, auf der die schwärmenden Shaaras eine neue Kolonie errichten wollten. Nachdem Grimes und Tamara Haverstock vielfältige Demütigungen durch ihre Häscher erdulden mußten, wurden sie von einer Art Untergrundbewegung befreit, die sich aus Anhängern der alten Religion zusammensetzte. Grimes und die Postministerin wurden als Inkarnationen von zwei der örtlichen Götter angesehen.

Der Feldzug gegen die Shaara endete erfolgreich. Die *Kleine Schwester* wanderte wieder in seinen Besitz und Grimes konnte die Reise nach Boggarty fortsetzen. Aus vielfältigen Gründen trennten sich Grimes und Tamara Haverstock nicht freundschaftlich.

Grimes' nächstes Mißgeschick war das Mißgeschick mit der *Bronson Star*. Weil er zwei wertvolle Tiere, die für den Zoo von Bronsonia bestimmt gewesen waren, in Selbstverteidigung getötet hatte, wurde er auf diesem Planeten festgehalten. Ihm drohte eine schwere Geldstrafe, und die Hafengebühren wuchsen von Tag zu Tag. *(To Keep the Ship)* Er sah sich gezwungen, eine Arbeit als Wächter auf der altersschwachen *Bronson Star* anzunehmen, die in einem Parkorbit um Bronsonia lag. In vieler Hinsicht war dies ein gemütlicher Ruheposten – bis das Schiff von einer Gruppe Royalisten geentert wurde, die auf ihren Heimatplaneten, Dunlevin, zurückkehren wollten, um an einer Konterrevolution teilzunehmen. Diese Leute benötigten einen Navigator, denn ihr eigener war während des Enterns eines Wettersatelliten ums Leben gekommen, von dem aus die Entführer die *Bronson Star* gekapert hatten. Grimes wurde an Bord behalten, um zu navigieren – mit der Pistole im Nacken.

Zwei wenig begeisterte Mitglieder der Gruppe waren Hodge, der Ingenieur, und Susie, der Proviantmeister. Viele Jahre später wurde Susie die Besitzerin von Susie's Café in Port Forlorn auf Lorn. (*Beyond the Galactic Rim*) Grimes und Susie verliebten sich ineinander. Unterwegs nach Dunlevin erhielten sie einen Funkspruch, der sie aufforderte, die Kampftruppe der Royalisten mitzunehmen. Schließlich wurde eine Landung auf Dunlevin unternommen. Es war eine Art Operation Schweinebucht, aber Grimes gelang es, mit Susie und Hodge in der *Bronson Star* zu entkommen. Er überließ die Konterrevolutionäre ihrem Schicksal, nahm sich jedoch der Kriegskasse der Royalisten an.

Grimes wußte, daß, wenn er Hodge und Susie nach Bronsonia zurückbrachte, sie dort mit einem Prozeß rechnen mußten. Sobald er sich darüber im klaren war, wie er einen Beweis fälschen konnte, daß er die ganze Reise von Dunlevin nach Bronsonia allein gemacht hatte, landete er auf einem Planeten, dessen Bewohner eine unglaubliche Technik in der Plastochirurgie entwickelt hatten. Er überlegte sich, daß Hodge und Susie mit einer neuen Identität und einem Großteil der Kriegskasse der Royalisten woanders einen neuen Anfang machen konnten.

Bevor ihr Körper neu entworfen wurde, war Susie eine große Frau und eher dick als nur plump gewesen. Aus dem überschüssigen Gewebe wurde ein kleines Simulakrum von ihr angefertigt, das sie in einem Glasbehälter Grimes als Erinnerungsstück schenkte.

Während des letzten Abschnitts der Reise wurde dieser Behälter zerbrochen. Grimes entledigte sich der kleinen ›Leiche‹, indem er sie in das Abfallsystem des Schiffes warf. Teile davon landeten in den Algentanks. Schon bald wimmelte das Schiff von Mini-Susies, und schließlich beschloß man, Kannibalismus an Bord der *Bronson Star* einzuführen. Auf diese Weise blieb nur eine große Susie übrig . . .

Mit Hilfe des Überwachungsdienstes der Föderation gewann Grimes wieder die Herrschaft über sein Schiff. Glücklicherweise war Maggie Lazenby unter der Entermannschaft, die ihm versprach, nachdem sie von Grimes die wahre Geschichte gehört hatte, sich für ihn einzusetzen.

Als er wieder auf Bronsonia zurückgekehrt war, mußte Grimes erfahren, daß es eine lange Zeit dauern würde, bis über seinen Anspruch auf Bergegeld eine Entscheidung fallen würde. Eine der örtlichen Zeitungen, die Bronson Star, kam ihm jedoch zu Hilfe. Diese Zeitung verdiente sich ihr Geld mit dem Vertrieb von Artikeln und Reportagen in der ganzen Galaxis. Die *Kleine Schwester* wurde von diesem Blatt gechartert, um die erfolgreichste Skandalschreiberin des Bronson Stars, eine gewisse Fenella Pruin, nach New Venusberg zu bringen und ihr nötigenfalls eine Möglichkeit zur schnellen Flucht zu bieten. (*Matilda's Stepchildren*)

Auf New Venusberg entdeckten Grimes und Fenella Pruin, daß es einige reichlich widerwärtige Unterhaltungsmöglichkeiten für Menschen gab, die sich ein solches Vergnügen etwas kosten lassen konnten. Sie fanden jedoch zuviel heraus. Ihre Tarnung wurde von Aloysius Dreeble durchschaut, der früher Maat auf Drongo Kanes *Southerly Buster* gewesen war, und jetzt die *Willy Willy* kommandierte. Die *Willy Willy* betrieb einen Sklavenhandel zwischen New Alice – einer vergessenen Kolonie, die zufällig durch Kane entdeckt worden war – und New Venusberg.

Grimes und Fenella Pruin wurden zusammen mit Shirl und Darleen, die beide von New Alice stammten, zu einem langwierigen und schmerzvollen Tod verurteilt. Aber Serienhelden sind nun eben fast unsterblich . . .

Ein wenig klüger, aber leider nur wenig reicher, reiste Grimes weiterhin mit der *Kleinen Schwester* von Planet zu Planet. Schließlich warf der Multibillionär Yosef Markarian, ein Hersteller von Unterhaltungsandroiden, ein Auge auf Grimes' Schiff, das er als Raumyacht verwenden wollte. Der Preis, den er anbot, kam einem Vermögen gleich. Grimes trennte sich nur widerwillig von ihr, aber er hatte schon seit langem ein größeres Schiff besitzen wollen, mit dem er *wirkliche* Ladungen transportieren konnte. In Port Southern stand die veraltete *Epsilon Corvi* aus dem Besitz der Interstellaren Transport-Kommission zum Verkauf. Grimes erwarb das Schiff und heuerte eine Besatzung an, darunter Billy Williams, einen früheren Offizier der Cluster-Linie, der wegen einer plötzlichen Erkrankung sein Schiff verpaßt hatte, und Mayhew, einen psionischen Funkoffizier, der arbeitslos geworden war, als Austral von Psionischem Funk auf das elektronische Carlotti-System umgestellt hatte.

Die *Epsilon Corvi* wurde in *Sister Sue* umgetauft. Mit ihr reiste Grimes kreuz und quer durch die Galaxis, verdiente aber noch immer kein Vermögen. Er war gerade auf den Randwelten, als die dortige Regierung beschloß, die Handelsflotte zu vergrößern. Man machte ihm ein Angebot für die *Sister Sue*, das Grimes unter der Bedingung annahm, daß er und seine Leute in den Handelsdienst der Randwelten ohne Rangverlust eintreten konnten. Kommodore Craven von der Kriegsmarine der Randwelten versuchte Grimes zu überreden, in den Militärdienst überzuwechseln, aber er lehnte ab, da er sich schon lange an das Leben als Handelskapitän gewöhnt hatte. Alle Offiziere der Handelsmarine waren jedoch gleichzeitig Reserveoffiziere der Kriegsmarine der Randwelten.

Die *Sister Sue* wurde in *Rim Sister* umbenannt, aber auch diesen Namen sollte sie nicht lange behalten. Als sie zu einem Forschungsschiff umgebaut wurde, änderte sich ihr Name in *Faraway Quest*. Mit ihr landete Grimes als erster auf den Welten des Galaktischen Ostens und entdeckte die Antimaterie-Systeme für den Galaktischen Westen. Damit es ihm nicht langweilig wurde, während die alte *Quest* keinen neuen Auftrag hatte, wurde ihm die Oberaufsicht über die Handelsmarine verliehen und gleichzeitig wurde er zum Kommodore der Reserve der Kriegsmarine befördert.

Der erste chronologische Bericht seiner Abenteuer mit dem Forschungsschiff ist der Roman *Into The Alternate Universe.* Auf dieser Reise begleitete ihn Fregattenkapitän Sonya Verril vom Überwachungsdienst der Föderation, die beim Nachrichtendienst beschäftigt war. Grimes und Sonya Verrill heirateten später, aber sie behielt die Staatsangehörigkeit der Föderation und ihren Rang im Überwachungsdienst, wenn Sie auch zur Reserve wechselte. In *Contraband from Otherspace* mußten er und Sonya das Universum gegen eine Invasion von *Außen* verteidigen. *The Rim Gods* schildert Grimes erstes Erlebnis auf dem rätselhaften Kinsolvings Planeten. Er besucht den Kinsolvings Planeten noch einmal in *Alternate Orbits.* Kinsolvings Planet ist der einzige sonderbare Planet in der Konföderation der Randwelten. Ein weiterer Planet am Rand der Galaxis ist Eblis, auf dem die Handlung von *Gateway to Never* spielt. (Grimes besuchte diese Welt mit der *Rim Mamelute,* deren Kapitän Billy Williams ist, wenn er nicht Dienst als Offizier der *Faraway Quest* tut.)

Mit der *Faraway Quest* sollte Grimes einen seltsamen Gegenstand untersuchen, der als ›Der Außenseiter‹ bekannt war und im intergalaktischen Raum schwebte. (*The Dark Dimensions).*In diesem Raum taucht Kapitän Sir Dominic Flandry auf, den ich mir mit Erlaubnis von Poul Anderson auslieh, sowie ein anderer Grimes mit einer anderen *Faraway Quest,* wobei dieser Maggie Lazenby geheiratet hat. Auch Exkaiserin Irene (*Empress Of Outer Space, Space Mercenaries, Nebula Alert*) macht einen Abstecher von ihrer eigenen Serie. Zu guter Letzt blieb nur Grimes auf Kinsolving zurück, jedoch in einer Zeit, die weit vor der seinen lag.

In *The Way Back* machte Grimes sich mit der *Faraway Quest* auf den langen Weg zur Erde. Es gelang ihm, die Geschichte nicht zu sehr zu verändern, aber alle seine Leute außer einer Handvoll Getreuer meuterten. In einem der Beiboote machten sich Grimes und der Rest der Besatzung auf den Weg zum Mars und erreichten den Planeten gerade zu dem Zeitpunkt, als die uralten Marsianer sich auf eine Völkerwanderung durch die Zeit begaben. Dieses Volk half Grimes und seinen Leuten; sie ermöglichten ihm eine Rückkehr zu dem von Menschen besiedelten Mars seiner eigenen Zeit.

Im Augenblick befassen sich die in Buchform gesammelten Abenteuer von Grimes mit den Reisen der *Kleinen Schwester*. Es gibt allerdings eine neue Serie, in der Grimes einer gewissen Kitty Kelly in Station Yorick auf Elsinore unglaubliche Abenteuer aus seiner vergeudeten Jugend erzählt.

A. Bertram Chandler